BBULMEDIA

www.bbulmedia.com

CITY OF
WILD BEAST

맹수의 도시

CITY OF
WILD BEAST
BBULMEDIA FANTASY STORY

동은 현대 판타지 소설

⑤

맹수의 도시

contents

1. 도수 _7

2. 상준 _43

3. 유정의 슬픔 _71

4. 새로운 사업 _109

5. 젊음의 양지 _133

6. 여왕을 향한 칼날 _161

7. 여왕의 추락 _191

8. 분노 _223

9. 피눈물 _247

10. 절망의 밤 _275

1.

도수

CITY OF
WILD BEAST

도수는 핸드폰을 꺼내 시간을 확인했다. 새벽 2시가 넘었다.

12시까지는 어느 정도 행인들이 지나다녔으나 그 숫자가 빠르게 줄고 있었다.

대학교 근처지만 이곳은 밤이 되면 사람들이 많이 찾지 않는 곳.

주변 건물들이 무척이나 낡아, 노숙자들이나 비행 청소년들이 빈 사무실을 찾아서 어슬렁거렸다.

더군다나 상준은 사무실을 찾을 시간도 없을 것이다.

그는 다른 사채업자들에게 쫓기고 있었다.

그의 온 재산을 날린 것도 모자라 자그마치 10억이라는 빚도 떠안았다.

그와 친하게 지냈던 형님들이었지만 돈 앞에는 인정이란

존재하지 않았다.

그들 모두 눈이 벌겋게 달아올라 상준을 찾고 있었다.

빌딩의 명의도 위조된 것을 안 상준은 반쯤 미쳐 버렸을 것이다.

나름 그쪽에서 악명을 떨치고 있던 그가 똑같이 당하게 될 줄은 상상도 하지 못했을 것이다.

도수는 차문을 열고 밖으로 나갔다.

검은색 카고 바지에 워커, 검은 티를 입고 검은색 모자를 눌러썼다.

상당히 의심스럽게 보이지만 얼굴은 보이지 않는다.

그는 주변을 훑어봤다.

가로등 몇 개가 을씨년스럽게 주변을 밝히고 있을 뿐, 지나다니는 사람은 거의 보이지 않았다.

간혹 술에 취한 청소년들이 골목에 서 있는 차의 백미러를 발로 차며 부수고 다녔다.

그들의 모습을 찍을 CCTV도 없었다.

건장한 사내들도 이 골목을 지나다니기에는 두려움을 느낄 것이다.

도수는 햇살 브릿지 온 사무실이 있는 건물로 발걸음을 옮겼다.

2층으로 올라가는 현관의 문고리를 잡고 바깥쪽으로 당겼다.

당겨지지 않는다.

문은 잠겨 있었다.

이런 허름한 건물이라고 하더라도 관리인이 있는 모양이었다.

1층 안쪽 관리실이라고 써진 곳에서 희미한 불빛이 흘러나오고 있는 것을 보니 말이다.

인권비가 무척 싼 노인일 가능성이 크다.

큰 소란이나 소동이 없는 새벽까지 잠을 자고 있을 확률이 높았다.

그래도 모르는 일이라 도수는 허리를 반쯤 숙이고 관리실을 확인했다.

예상대로 70살이 넘어 보이는 관리인이 의자에 앉아 고개를 뒤로 젖히고 코를 골고 있었다.

도수는 다시 상층으로 올라가는 현관문 앞에 섰다.

창문 중간중간 쇠로 된 철조망이 있지만 문을 열 방법은 많으니까.

그는 가죽 장갑을 끼고 손바닥을 댄 후 팔꿈치로 손등을 툭하고 밀었다.

창문이 와지직 소리를 내며 그 부위만 깨져 나갔다. 소리는 크지 않았다.

조심스럽게 손목을 넣어 안쪽의 잠금장치를 풀었다.

유리를 잘못해서 건드리기라도 하면 깨진 윗부분이 떨어져 팔목이 잘릴 수도 있었다.

또한 큰소리가 나서 관리인이 깰 위험도 있었다.

잠금장치를 풀고 문을 열었다.

오래된 문이라서 그런지 삐걱 거리는 소리가 요란하게 울렸다. 새벽이라 소리는 꽤나 크게 울려 나간다.

도수는 눈살을 찌푸렸다. 관리인이 깊은 잠에 빠져 있기를 바랄 뿐이다.

다행히도 관리실에서는 아무런 반응이 없었다.

CCTV도 없기에 건물 안에만 들어가면 마음껏 행동을 할 수가 있었다. H—시큐리티에서 햇살 브릿지 온에 달아 놓은 CCTV만 빼고.

물론 지금은 작동하지 않는다.

이곳에 오기 전 이미 그곳에 장비를 전원 OFF시켜 놨다.

상준이 핸드폰을 켜도 확인하지 못할 것이다.

도수는 햇살 브릿지 온이 있는 층까지 올라갔다.

비상구 문을 가리키는 불을 빼고는 모두 꺼져 있어서 무척이나 어두웠다.

그래도 달빛이 창문 밖에서 비치고 있어서 어렵지 않게 햇살 브릿지 온 사무실 앞까지 찾아갈 수가 있었다.

삑삑삑삑삑삑삑—

일곱 자리의 비밀번호를 누르자.

삐리리릭—

문이 열리는 소리가 들렸다.

도수는 문고리에 손을 잡고 안으로 밀었다.

문이 부드럽게 열렸다.

도수는 바지 주머니에 있던 조그마한 손전등을 꺼내서 사무실을 밝혔다.

커튼이 창문을 가리고 있기는 하지만 불이 켜지면 빛이 세어나갈 수가 있었다.

하지만 손전등이라면 위험 부담은 훨씬 줄어든다.

사무실은 엉망진창이었다.

의자들이 나뒹굴었고 책상은 부서지고, 책장들의 책들이 모조리 쏟아져서 바닥에 흩어져 있었다.

처음에 봤던 정돈된 사무실은 없고, 완전 난장판.

상준이 돈을 빌린 사채업자들이 찾아왔을 것이다. 목숨의 위험을 느낀 상준은 채무자들에게 빌려 준 11억이라는 거금을 포기하고 도주를 했을 테고.

물론 11억이라는 큰돈도 한 푼 받지 못했을 테지만.

도수는 곧장 실장실이라고 쓰여 있는 상준의 사무실로 들어갔다.

상준의 사무실 역시 제자리에 있는 것이 하나도 없었다.

온통 뒤집어지고 망가졌다.

사채업자들이 사채업자인 상준의 사무실에서 뭔가를 찾으려고 했을 것이다. 서로가 서로의 생리를 잘 알 터.

사채업자는 자신만의 비밀금고가 반드시 있었다. 그것은 자신의 손에 가장 가까운 곳에 있기도 했다.

집 아니면 사무실.

그것도 아니면 별장일 가능성이 높았다.

사채업자들도 상준이 완전히 망했다는 것을 알고 있었다. 도수는 성북구에 위치한 사채업자들에게 그 사실을 소문냈다.

상준이 제대로 된 대응도 하지 못하고 도주를 할 수밖에 없었던 이유 중에 하나니까.

사채업자들은 조금이라도 돈을 건지기 위해서 이곳을 찾았을 것이다.

사채업자들이 앞다투어 이곳을 찾았지만 상준은 이미 도주를 하고 난 후였다.

하지만 도수는 상준의 비밀 금고가 있는 곳을 안다.

그는 천장을 바라보았다. 현광등 바로 옆에 볼펜 구멍보다 작은 CCTV가 숨겨져 있었다.

형광등 바로 옆에 있기에 그것을 알아차리기란 쉽지가 않았다.

도수는 상준의 책상을 옆으로 밀어냈다.

책상 바닥은 다른 곳과 크게 다르지 않았다. 검은색과 회색이 퍼즐 모양으로 깔려 있었다.

다른 바닥과 똑같아서 뭐가 다른지 전혀 알 수가 없었다. 도수는 장갑을 벗고 손바닥으로 감각을 느꼈다.

약 10초 정도 손가락의 감각을 느끼던 도수가 자리에서 일어났다.

그러고는 사무실 바닥을 이곳저곳 찾았다. 뭔가 뾰족한

것이 필요했다.

난장판이 되어 있는 사무실이지만 다행히도 일자 드라이버는 찾을 수가 있었다.

일자 드라이버를 거의 보이지 않는 모서리 부분에 댄 다음 지렛대처럼 밑에서 위로 들어 올렸다.

조금씩 두터운 나무판자가 위로 올라가자, 도수는 한 손으로 나무판자를 잡아서 옆으로 밀어 버렸다.

나무판자 밑에는 너무 어두워서 아무것도 보이지가 않았다.

손전등을 가져와 어둠 속을 비쳐 보았다.

찾았다.

좌우 넓이가 약 1m 20㎝ 정도 되는 금고가 도수의 눈에 들어왔다.

도수는 쉽게 금고 문을 열 수가 있었다.

어차피 숨겨 놓은 CCTV에 의해서 상준의 일거수일투족이 감시가 되던 상황이었다.

그의 바로 머리 위에 CCTV가 감춰져 있을 것이라고는 상상하지 못했을 것이다.

끼이익—

금고문이 열렸다.

금고 안쪽에 손전등을 비추었다.

5만 원짜리 지폐 한 뭉텅이가 보인다. 대략 1천만 원 정도로 보였다.

한 달 반 전까지만 하더라도 이곳에는 꽤나 많은 지폐 다발이 쌓여 있었을 테지만, 지금은 겨우 이것 하나뿐이었다.

도수는 다른 서류를 찾았다.

가장 위에 올라 있는 서류들은 근래 들어 목돈을 빌렸던 채무자들의 신상과 인감도장을 찍은 계약서들이었다.

도수가 찾는 것은 이것이 아니었다.

그는 안쪽을 뒤졌다.

다른 서류함이 더 있다. 그곳에 있는 서류들을 꺼내서 손전등으로 비쳐 보았다.

서류철에는 글자가 적혀 있지 않았다.

숫자로만 쓰여 있을 뿐이었다.

안쪽을 살폈다.

1989년 생. 이름 김윤식. 매우 건강. 술 담배 안 함. 가족에서 찾을 확률 매우 적음. 채무 1200만 원. 가격 3600만 원.

한 사람의 신상명세와 가격이 나열되어 적혀 있었다.

명함 사진도 선명하다.

그 서류를 보는 순간 도수는 등줄기가 서늘해지는 것을 느꼈다.

자신도 모르게 식은땀이 이마에서 송글송글 맺혔다.

더 이상 서류철을 넘기면 안 될 것만 같았다.

이것은 판도라의 상자다.

그럼에도 이 서류철을 확인해야만 했다.

상준의 입을 열기까지는 이것만이 동생에 대한 확실한 단서였다.

도수는 서류철을 빠르게 넘겼다. 서류를 넘길 때마다 아찔한 불길함이 다가온다.

심장이 심하게 뛰어서 자신의 몸을 불사르는 것도 모자라, 주변의 모든 것을 태워 버릴 것만 같다.

그는 하나님과 부처님, 천지신명께 빈다.

제발 동생에 대한 신상명세가 이곳에 없기를…….

서류는 다섯 장도 남지 않았다.

남은 서류도 무척이나 낡았다. 족히 10년 이상은 되어 보였다.

한 장, 한 장씩 더 넘겨 본다.

김일중…… 신상수…… 노현규…… 최창민…… 그리고 마지막 한 장.

마지막 남은 서류 한 장.

손이 덜덜 떨린다.

여기에 도영의 이름이 적혀 있을까, 심장이 심하게 뛰었다.

천천히 넘겨보았다.

숨이 턱턱 막혔다.

제발, 제발.

"하아아."

도수는 크게 숨을 내쉬었다. 마지막 장에 붙어 있는 사진은 도영이 아니었다.

생전 처음 보는 인물.

나이도 달랐다.

사진에 붙어 있는 사내의 나이는 34세였다. 지금이라면 마흔이 넘는다.

동생의 자료가 없다는 것은 다행이지만, 또다시 오리무중으로 빠지고 말았다.

도대체 도영은 어디에 있는 것일까.

가장 친한 친구라고 여겼던 상준. 그는 도영을 장기 매매하기 위해서 판 것이 아닌가.

그렇다면 최소한의 자료는 남겨 둬야 했다.

안심이 되면서도 머릿속은 혼란스러웠다.

도영아, 너는 어디 있는 거냐. 제발 꿈에서라도 나와 주렴.

쾅! 쾅! 쾅!

도수는 자신의 심장을 때렸다.

이렇게 심장이 파열된다고 하더라도 상관이 없을 것 같았다.

쾅! 쾅! 쾅!

너무도 괴롭고 화가 치밀어 올라 미칠 것만 같았다.

아무것도 할 수 없는 자신이 답답하기만 하다.

"도영아…… 도영아……."

심장을 치던 도수의 손이 우뚝 멈췄다.

심줄이 금방이라도 튀어나올 것처럼 그의 눈동자가 살기

로 가득하다.

"그래. 이…… 상…… 준."

놈의 이름이 머릿속에서 떠올랐다.

그놈의 입만 열면 된다.

이렇게 머리 굴릴 필요도 없었다.

직접 놈의 입을 열겠다.

도영에게 무슨 일이 있다면 놈의 눈앞에서 가족들을 갈기 갈기 찢어 죽일 것이다.

그들의 앞에서 세상에서 가장 시원하게 웃어 주면서.

놈도!

놈도…… 똑같은 고통을 맛보게 해 줘야 한다.

달깍.

그때였다.

사무실 문이 조심스럽게 열리는 소리가 들렸다. 도수는 자리에서 일어났다.

시퍼런 안광을 내뿜는 사내들이 자신을 바라보고 있었다.

상준의 사무실 안으로 들어온 사람은 모두 두 명이다. 바깥쪽에도 몇 명이 있는 것으로 보였다.

달빛이 비치자 사내들의 윤곽이 드러났다.

모두 덥수룩한 수염을 기르고 있었고 날카로운 눈빛을 내뿜었다.

덩치가 크거나 뚱뚱한 자는 없었다.

하나같이 날렵해 보인다. 그들은 입을 굳게 닫은 채 소리

없이 칼을 꺼냈다.

칼날이 달빛에 비쳐 시퍼렇게 반짝였다.

가족을 생각하는 동안 놈들이 사무실 안에 들어왔다.

정신이 딴 곳에 가 있어 놈들이 들어서는 것을 눈치채지 못했다.

"씨발놈. 혹시나 하고 왔더니 여기 있었군."

상준이 제 발로 찾아왔다.

그는 무척이나 도수를 원망하고 있는 것처럼 보였다.

눈빛만으로도 사람을 찾을 것 같았다.

도수는 자신의 입을 다시 막았다.

"큭큭큭큭큭."

기쁨의 웃음이었다. 놈의 원한이 생각보다 깊었던 모양이다.

목숨 걸고 도망을 치고 있어야 할 상황에서 자신을 찾기 위해 이런 위험을 무릅쓰다니.

어쨌든 무척이나 기뻤다.

너무나 기꺼워 웃음밖에 안 나온다.

너무 기뻐서 당장 놈의 목을 뽑아 버리고 싶었다.

"왜 웃어, 씨발놈아. 너무 무서워서 머리가 어떻게 된 거 아냐?"

상준은 손가락으로 자신의 머리를 가리키며 빙글빙글 돌렸다.

"도수 형이겠지."

"뭐?"

"넌 도영이 친구잖아. 형이라고 불러."

"저 새끼가 돌았나."

"왜. 부르기 싫어?"

"더 이상 나불대지 마라. 꽤나 돈 좀 번 것 같은데 네놈 껍데기를 벗겨서 모두 토해 내게 만들 테니까."

"좋아. 그럼 내 껍데기가 벗겨지기 전에 하나 묻자."

"뭘?"

"도영이 어디 있어?"

"도영이? 그래, 내 친구 도영이. 고등학교 동창이자 가장 친한 친구였던 도영이. 내 살과 피를 살찌게 해 준 도영이란 친구가 있었지. 음, 그 친구가 너무 오래된 일이라…… 그렇지."

상준은 손바닥을 마주쳤다.

그리고 양쪽 입술 끝을 올리며 섬뜩하게 웃었다.

"아! 생각났어. 내 친구 도영이, 그러니까 네 동생 도영이는…… 지금쯤 어떻게 됐을까. 나도 궁금하네, 큭큭큭 큭."

"나랑 말장난을 하고 싶은 모양이군. 좋게 말로 할 때 부르는 게 좋을 거야."

"좆까, 씨발놈아. 내가 미쳤냐? 너 좋은 일 시키게."

상준은 가운데 손가락을 들어서 도수에게 향했다.

"죽을 때까지 궁금해 봐라. 그래 봤자 절대로 만나지 못할 테니까. 지옥에 가서라도 말이야, 큭큭큭."

"……그렇단 말이지."

도수의 목소리는 점점 낮아졌다.

언뜻 들으면 슬퍼서 혹은 겁을 먹어서 그런 것처럼 보이기도 했다.

하지만 도수의 눈빛이 점점 가라앉고 있다는 것을 누구도 알아차리지 못했다.

"너희는 친구 아니었나?"

"친구였던 걸로 기억하는데."

"친구였지…… 그래, 엿 같은 친구. 항상 제 잘난 맛에 사는 놈이었어. 선생들은 도영만 예뻐하고, 친구들은 도영만 찾고, 여자들은 도영만 좋아했지. 그러면서 뭐라고 하더라? 맞아. 집안 형편이 안 돼서 대학은 나중에 갈 거야. 지금은 내 기술을 살려서 프랜차이즈 음식점을 차릴래, 라고 했던가? 겨우 분식점이 프랜차이즈냐. 푸하하하하!"

상준은 배꼽을 잡고 웃었다.

그의 웃음소리가 사무실 안을 가득 메웠다.

"거기다가 나보고 돈을 빌려 달래. 그 자존심 강한 놈이. 그래서 빌려 줬다. 아주 친절하게 아는 사채업자 형을 통해서. 놈은 너무도 감사해하더군. 그래서 계속 빌려 줬어. 놈은 자신의 몸통이 갈기갈기 찢어지는 것도 모른 채, 내가 주는 먹이만 덥석덥석 물었지. 그때 알았지. 돈이 최고야! 돈이라면 우정도 사랑도 살 수 있어. 인간의 목숨 값어치 따위는 모두 돈에 의해서 결정돼!"

"네놈의 썩은내 나는 개념 따위 더 이상 듣기 싫다. ……도영이 어디 있나."

"듣기 싫어?! 이 씨발놈아!! 너희 형제라면 아주 지긋지긋하다, 엿 같은 새끼야! 내가 장담하지만 넌 절대로 도영이 못 찾아? 왜냐고? 한 번 맞춰 봐. 씨발놈아."

"다시 한 번 말하지만…… 난 도영이 형이야. 그러니까 형이라고 불러라."

"큭, 소원이냐? 그럼 불러 주지."

상준은 비웃음을 흘리며 말을 이었다.

"도수…… 마도수…… 이 씹새끼야."

도수는 얼굴 표정 한 번 변하지 않았다. 점점 눈빛만 가라앉을 뿐이었다.

"제사를 지내 주지."

"뭐?"

"너의 머리를 잘라 제사상에 올려놓고 제사를 지내 주겠다."

도수는 부러진 책상과 의자들을 발로 치우고서는 앞으로 걸어갔다.

두 명의 사내가 칼을 쥔 채 도수의 앞을 가로막았다.

"저 새끼, 죽이지 마! 팔과 다리만 못 쓰게 해. 놈이 가진 회사 지분을 모두 내가 가져야겠다."

상준이 소리쳤다.

동시에 두 사내가 도수의 팔과 다리를 향해서 칼을 들어 올렸다.

둘이서 얼마든지 도수를 상대할 수 있다고 여겼던 모양이다.

눈빛은 날카롭지만 행동은 그렇지 않았다. 긴장감이 결여된 모습이었다.

도수는 뒷주머니에 넣어 두었던 일자 드라이버를 들었다. 그리고 가장 가까이 있던 사내의 얼굴을 향해서 드라이버를 내려찍었다.

푸식!

내려찍은 드라이버는 무척이나 쉽게 사람의 얼굴에 박혔다.

도수는 드라이버를 밖으로 빼냈다.

사내의 시신경이 드라이버에 찍힌 채로 후두둑 끊어지는 소리를 내며 딸려서 나왔다.

그제야 사내는 자신에게 무슨 일이 벌어졌는지 알아차린 모양이었다.

"으아아아아아아악!"

사내는 칼을 떨어트리고 자신의 얼굴을 부여잡은 채 비명을 질렀다.

도수는 계속해서 일자 드라이버를 찍었다.

푹! 푹! 푹! 푹!

사내의 팔과 다리에 네 번의 드라이버가 찍혔다.

근육들이 찢어지고 파열되어 그는 아무런 힘을 쓰지 못하고 쓰러졌다.

쓰러진 채 파멸적인 비명만 지를 뿐이었다.

다른 사내의 눈빛이 달라졌다.

그는 재빨리 도수의 안쪽으로 파고들었다.

동료가 처참하게 당했는데도 어떤 기합 소리조차 없다.

사내의 칼이 도수의 옆구리를 노린다.

순간 도수의 몸이 재빠르게 회전을 한다. 칼은 옆구리를 스치듯이 지나쳤다.

사내는 도수의 안쪽으로 너무 많이 파고들었다.

반경 1m 20㎝ 안은 도수의 사정거리.

그 안에서 도수는 누구와 붙어도 쓰러진 적이 없었다.

최소한 도수를 잡으려면 그 이상 되는 완력이나, 그 이상 되는 기술, 그 이상 되는 무기가 있어야 했다.

아니면 도수의 주먹을 맞고도 쓰러지지 않는 맷집이나 정신력이 동반돼야 한다.

그 무엇도 없이 도수의 사정거리 안에 든다면 자살 행위나 다름없었다.

몸을 회전한 도수의 팔꿈치가 사내의 면상에 내려찍었다.

고개를 숙이며 도수의 품에 파고들고 있었던 사내의 위에서 떨어지는 팔꿈치 공격을 피할 수가 없었다.

빠각!

광대뼈가 함몰이 된다.

사내는 앞으로 나서던 그 힘을 이기지 못하고 주르륵 미끄러져서 바닥에 쓰러지고 말았다.

도수는 재빨리 쓰러진 사내의 발목을 잡았다.

발목을 잡고 사내의 몸을 회전시켰다.

사내는 비명도 제대로 지르지 못했다.

사내의 몸이 붕 회전을 하더니 벽에 얼굴을 그대로 부딪쳤다.

그의 목이 90도로 꺾였다.

어둠에 비친 그의 그림자에서 머리는 찾아볼 수가 없었다.

너무도 빠르게 일어난 일이었다.

상준은 믿기지 않는 표정을 짓고 있었다.

"뒤로 물러나시라요."

대포가 상준의 가슴에 손을 대고 뒤로 당겼다.

상준은 주춤주춤 뒤로 물러났다.

그의 눈은 바닥에 쓰러진 채 엄청난 피를 뿜어 대고 있는 두 명의 부하들을 보고 있었다.

저들이 누구인가.

어떤 대단한 주먹들도 목을 딸 수 있다고 자부하던 개백정이 아니던가.

그런 그들이 너무도 손쉽게 당했다.

사람의 육신이 장난감처럼 망가질 수 있다는 것도 처음 알았다.

"정신 차리시라요. 저거……."

대포는 도수를 손가락으로 가리켰다.

도수가 천천히 사무실 밖으로 나오고 있었다. 그의 어둠이 길게 뻗어서 네 명의 백정들과 상준을 휘어 감았다.

"인간의 껍데기를 쓴 맹수라요."

"매, 맹수라니⋯⋯."

"예전에 장백산에서리 저런 눈을 가진 동물을 본 적이 있지요. 100m도 떨어진 거리였지만 놈의 기운을 느낄 수 있었습네다. 계곡 전체가 놈의 기운에 덜덜 떨고 있는 것 같았지요. 그때 제 동료 놈에게 잡혀서 머리통이 모조리 날아갔습네다. 내래 태어나서 처음으로 보는 공포였지요."

"그, 그게 뭔데?"

"호랭이라요. 장백산에 호랭이가 사는 줄은 상상도 못했습네다."

대포는 마른침을 삼키며 칼을 꺼냈다.

다른 세 명의 백정들도 칼을 꺼낸 채 조용히 도수가 다가오기를 기다렸다.

"호, 호랑이라고?"

"그렇습네다. 저놈의 눈알이 호랑이의 시퍼런 눈알과 똑같습네다. 저런 눈빛을 한 자와는 절대 손을 섞어서는 안 됩네다."

"씨발, 좆같은 소리 그만하고 어서 놈을 잡아. 놈을 잡지 않으면 한 푼도 못 받을 줄 알아!"

"⋯⋯."

대포는 잠시 아무런 말을 하지 않았다.

"두 배 주시라요."

"두, 두 배라니…… 지금 너희들이 받는 돈이 얼마인지나 알아?"

"맹수를 사냥하려면 그 정도의 위험 수당이 있어야 하지 않겠습네까. 아니면 혼자서 잡아 보시라요."

"혼자서……."

상준은 다가오고 있는 도수를 보았다.

어둠 속에서 비친 그의 모습은 흡사 거대한 불곰처럼도 보였다.

예전에 흐리멍덩하고 내성적이었던 도수가 아니었다. 과거의 모습과는 1퍼센트도 일치하지 않는다.

10년간의 세월은 도수라는 인간을 완전히 바꿔 놓았다.

방금 보았던 무지막지한 폭력이 머릿속에서 떠나지를 않는다. 자신이 칼을 들고 있다고 하더라도 도수와 맞상대를 해서 이길 것으로는 생각이 들지 않았다.

으득.

상준은 어금니를 강하게 물었다.

"두 배라, 좋아 주지. 반드시 저 개자식을 잡아."

"좋습네다. 사장님은 뒤로 물러나시라요."

대포의 말에 상준은 멀찌감치 뒤로 물러났다.

조선족 살수들은 사무실을 넓게 썼다. 그들은 네 방향해서 도수를 조여 갔다.

도수는 그들을 행동을 세세하게 훑어보았다.

이놈들은 보통 칼잡이가 아니다. 무척이나 많은 사람들을 썰어 온 놈들이다.

놈들의 눈빛을 보면 알 수가 있었다. 자신보다 훨씬 위험한 삶을 살아온 놈들이다.

10살, 혹은 그전부터 사람을 죽였을 수도 있었다. 동료가 저렇게 당했는데도 눈빛 하나 변하지 않는다.

동요도 없다.

전문적으로 칼을 배운 놈들도 아니었다. 칼의 휘두름에 있어서 어떤 형태가 보이지 않았다.

살기 위해서 쌓아 온 본능적인 칼질.

살기 위해서 혹은 인간의 목숨을 바탕으로 목에 풀칠이라도 하기 위해서.

그렇기에 더욱 위험했다.

백정들의 숨소리가 고르다.

흥분도 하지 않았다.

놈들의 좌우에서 조금씩 다가오지만 발자국 소리도 들리지 않았다.

달빛이 있기는 하지만 상당히 어두운 사무실. 놈들이 이곳에서 자신이 보이는 것일까.

놈들에게서 심한 위화감이 느껴진다.

교도소에서도 좀처럼 느껴 보지 못했던 위기감.

좋아, 확인을 해 볼까.

도수는 바닥에서 뒹굴던 의자를 한 손으로 들었다. 무척이나 무거울 만한데 너무도 쉽게 들어 올렸다.

의자로 왼쪽에 있던 백정을 향해서 휘둘렀다. 그는 침착하게 몸을 웅크렸다.

설마, 몸으로 버틸 생각인가.

동시에 남은 세 명의 백정들도 움직였다.

한 명은 오른편에서, 남은 두 명은 의자를 들고 있는 팔을 노린다. 손을 놓지 않을 수가 없었다.

손을 놓자 의자는 힘없이 사내의 발밑에 떨어졌다. 그럼에도 위기는 멈추지 않는다.

세 개의 칼끝이 코앞까지 다가와 있었다.

세 방향에서 동시에 찔러 오는 칼날이라 피하기가 쉽지 않았다.

도수는 고개를 숙이며 앞으로 나섰다.

그의 커다란 덩치가 칼을 찔러 오던 세 사내의 중심 부위 밑으로 아슬아슬하게 스쳐 지나갔다.

도수는 곧바로 몸을 일으켰을 땐 아무렇게나 굴러다니던 옷걸이가 들려 있었다. 도수는 망설임 없이 옷걸이를 휘둘러 한 사내의 뒤통수를 후려쳤다.

빠각!

옷걸이의 윗부분이 부러졌다.

아무래도 플라스틱으로 된 옷걸이라 그런지 강도는 강하지 않았다.

사내는 뒤통수를 잡고는 몸을 뒤로 돌렸다. 아프기는 하지만 큰 충격은 없는 모양이었다.

도수는 부러진 옷걸이를 그대로 찔러 넣었다.

푸숙.

사내의 배에 날카로운 플라스틱이 찔린다. 도수의 무지막지한 힘이 가해지자 플라스틱 옷걸이는 사내의 내장을 후벼 팠다.

"크허허헉."

사내가 칼을 놓고 옷걸이를 잡았다.

입에서 울컥거리며 엄청난 양의 피가 바닥에 떨어졌다.

푸숙!

옷걸이를 잡아 빼자 사내는 배를 움켜잡은 채 무릎을 꿇고는 바닥에 쓰러졌다.

"이 애미나이 새끼!!"

몸으로 의자를 막았던 사내가 욕설을 내뱉으며 도수의 심장을 향해 칼을 찔렀다.

도수는 그의 칼을 슬쩍 피한 후 손바닥으로 뒤통수를 밀었다.

꽈지지지직!

사내는 창문을 깨고서 밖을 향해 몸이 날아가고 말았다. 그의 비명 소리가 허공으로 공허하게 울려 퍼졌다. 뭔가가 부서지는 소리가 밑에서부터 올라왔다.

1층은 콘크리트 바닥.

머리부터 추락을 했다면 살아날 수가 없으리라.

도수가 등을 돌리고 남은 백정들을 돌아보았다. 달빛에 그의 등을 비친다.

"크크크."

사나운 맹수의 낮은 울음소리가 도시에 울린다.

"크크크크크큭."

도수의 웃음소리가 사무실 안에서 울렸다.

그의 웃음소리는 기이했다.

드는 사람으로 하여금 무척이나 불안감을 안겨 주었다.

어둠 속에서 보이는 것은 달빛을 등에 진 도수의 섬뜩한 눈빛과 웃고 있는 하얀 이빨뿐.

마치 무성 영화에서 나오는 공포 장면 속에 있는 착각을 느꼈다.

"이제…… 너희, 두 놈이, 남았군."

도수가 양팔을 벌리며 백정들에게 다가갔다.

완전 무방비처럼 보인다.

하지만 대포는 그런 도수에게 함부로 덤벼들지 못했다.

산전수전을 다 겪은 자신들이 제대로 된 힘 한번 써 보지 못하고 고꾸라졌다.

이제껏 이런 경험을 단 한 번도 없었다고 해도 과언이 아니었다.

"내래 살다 보니 이런 괴물을 다 만나디요. 대륙에서도 이런 아새끼는 보지 못했더래요."

백정 중에 한 사내가 중얼거렸다. 그의 말을 들은 대포도 고개를 끄덕였다.

대륙에서 저 사내보다 힘이 센 자는 꽤 있었다.

대륙에서 저 사내보다 재빠른 자도 부지기수였다.

하지만 대륙에서 저 사내보다 위험한 자는 없었다.

사람을 개돼지처럼 죽인 자도, 사람들의 돈을 억수로 뜯어낸 자도, 장기를 팔아서 돈을 버는 자도, 마약 밀매를 하는 자도, 저 사내의 눈빛처럼 두렵지는 않았다.

도대체 어떤 지옥을 겪었기에 저런 무시무시한 눈빛을 할 수 있는 것이냐.

도수의 눈빛은 자신을 바라보고 있지 않았다. 그의 눈빛을 쫓아갔다.

상준을 바라보고 있었다.

그렇구나. 너구나. 네가 저 사내를 괴물로 만들었구나.

대포는 잠시 갈등에 휩싸였다.

만약 여기서 물러난다면 저 맹수와 같은 사내도 굳이 자신들을 잡으려고 하지는 않을 것이다.

하지만 의뢰인을 버린다는 것은 이 업계에서 퇴출될 각오를 한다는 것과도 같았다.

잘못하면 다른 킬러들에게 쫓겨서 평생 동안 도망을 쳐야 할지도 몰랐다.

죽음보다도 더 깊은 두려움과 공포를 안은 채 말이다.

대포의 부하가 바라본다.

눈빛으로 보아 같은 그와 같은 생각을 가진 모양이었다.

뒤로 물러날 것인가.

저 맹수의 목을 딸 것인가.

대포는 씨익 웃었다.

어차피 정해진 일이었다. 이제껏 뒤를 돌아보면서 살아온 적이 있었던가.

그의 등 뒤는 벼랑밖에 없었다.

한 발만 후진을 하면 천길, 만길 다시는 돌아올 수 없는 죽음의 골짜기였다.

그렇다면 오직 앞으로 가야만 한다.

어차피 죽을 것이라면 앞으로 가는 것이 1퍼센트라도 살아날 가망성이 있었으니까.

대포와 눈을 마주친 후 동시에 움직였다.

그다지 크지 않는 몸들이라 그런지 좌우로 움직이는 모습이 꽤나 빨랐다.

도수는 전력을 기울였다.

겨우 두 놈이 남았을 뿐인데 위기감은 훨씬 더 한다.

이들의 집중력이 무척이나 높아졌다.

평정심도 돌아왔고 냉철하게 머리를 굴렸다.

백정들의 칼이 엄청나게 빠르게 뻗어 왔다.

도수는 상체를 움직이며 그들의 칼을 피했다.

하체는 꼼짝하지 않고 있었다. 두 발은 뿌리가 박힌 것처럼 꿈쩍도 하지 않는다.

이 놀라운 광경에 대포와 부하는 경악을 금치 못했다.

그래도 이미 뻗은 칼은 회수할 수가 없었다.

그들은 더욱 속력을 높여서 칼을 찔러 댔다.

처음에는 눈을 노리고, 다음에는 목을 노리고, 그다음에는 심장을 노린다. 그것도 안 되면 사타구니를 노리고, 표적이 큰 허벅지를 노렸다.

하지만 대포의 칼을 계속해서 비껴가기만 했다.

두 명이 동시에 내지른 칼이 이토록 속수무책인 적은 한 번도 없었다.

마치 허공에 떠 있는 풍선을 향해서 주먹을 치는 느낌이었다.

허공에 떠 있는 풍선을 향해서 주먹을 내지르면 바람에 의해서 다시 한 번 허공으로 떠오른다.

풍선이 중력으로 인해서 떨어진 때 주먹을 휘둘러도 같은 현상이 반복한다.

주먹에는 거의 느낌이 없었다.

몇 십 분을 해도, 몇 시간을 해도 풍선을 정타로 맞힌 적은 없었다.

지금의 느낌이 그러하다.

아무리 칼을 찔러 대도 풍선처럼 절대로 닿지 않을 것 같았다.

반면 도수는 사력을 다해 백정들의 칼끝을 피하고 있었다. 한 번이라도 찔리면 생체 반응은 줄어든다.

아드레날린의 분비도 줄어들어 순식간에 생명이 위태롭게 된다.

숨을 제대로 쉬지 못할 정도로 칼끝을 피해 내고 있었다.

다른 사람들이 보기에는 경이로운 방어력이 아닐 수가 없었으나 도수의 입장에서는 생사를 오가는 치열한 싸움을 벌이고 있는 것이다.

이대로는 당한다.

놈들의 칼질이 너무도 빨라서 몸을 뺄 수도, 주변에 물건들을 이용할 수도 없었다.

드라이버가 뒷주머니에 있기는 하지만 한 놈을 처치하면 다른 한 놈에게 당할 공산이 컸다.

그렇다면……

도수는 한 손을 주머니에서 넣었다. 중심을 잡기에도 힘든 판에 한 손을 쓰지 못하자 더욱 위태로워졌다.

그의 손에는 손전등이 들려 있었다.

손전등을 바로 켜자 불빛은 백정의 눈에 정확하게 쏘아져 들어갔다.

순간적으로 시야를 잃은 사내의 손이 허공을 갈랐다.

한쪽이 비었다.

도수가 급히 그 사내를 향해서 몸을 날렸다. 칼날은 허무하게 허공을 가르고, 도수의 무릎은 그의 복부에 그대로 꽂혔다.

"크허헉!"

사내의 허리가 90도로 꺾이고 말았다.

얼마나 강한 충격인지 그의 입속에서 노란 신물이 모조리 튀어나왔다.

그는 자신의 복부를 잡고서 바닥을 굴렀다. 얼굴을 바닥에 대고 계속해서 신물을 토해 냈다. 눈동자는 반쯤 뒤집혀 있었다.

도수는 쓰러진 사내의 칼을 발로 차 버렸다.

어차피 잘 쓰지도 못하는 칼. 자신이 칼을 들어서 쓸 이유는 없었다.

남은 사내는 대포뿐이었다.

대포의 얼굴이 구겨졌다. 설마 이런 식으로 위기를 빠져나갈 줄은 상상도 하지 못했다.

이자는 싸움의 천재다.

아무리 자신이 9살 때부터 칼질을 했다고 하지만, 순간적인 기지로 이런 상황을 빠져나갈 수는 없으리라.

어느새 도수의 주먹이 대포알처럼 날아왔다.

대포가 뒤로 물러났다.

뒤로 물러나는 속도보다 주먹의 속도가 훨씬 빨랐다. 옆으로, 뒤로도 피할 수가 없는 상황이었다.

그가 아래에서부터 위로 칼을 그었다. 맹수에게 조금이라도 상처를 주기 위함이었다.

하지만 맞지 않는다.

도수는 어렵지 않게 그의 칼을 피해 냈다.

쾅!

도수의 주먹이 대포의 얼굴에 맞았다.

대포는 자신의 얼굴이 사라진다고 느꼈다.

인간의 주먹이 이렇게 공포스러울 수가 있구나, 머리털이 나고 처음 느꼈다.

목 위로 아예 사라지지 않았을까, 라고 생각했다.

그만큼 충격은 강했다.

대포의 정신이 아득하게 멀어진다.

억지로 의식의 끈을 잡으려고 했지만 그것보다 도수의 완력이 훨씬 강했다.

도수의 완력은 무자비하게 대포의 정신세계를 완전히 뇌리에서 떠나게 만들었다.

털썩.

대포는 그대로 쓰러진 채 일어나지 못했다.

도수는 손목을 움직여 봤다.

살짝 실선이 가 있었다. 피가 한 방울씩 뚝뚝 떨어졌다.

조금만 늦었어도 동맥이 잘렸으리라. 그런 상황에서도 반격을 해 오다니 두렵지 않을 수가 없었다.

쓰러져서 정신을 잃은 이 사내는 정말로 대단한 놈이다.

보통 때 같았다면 머리통을 밟아 버렸을 테지만 지금은 그럴 마음이 없었다.

자신의 목표는 상준이 하나가 아니던가.

도수는 상준이 있던 곳을 바라봤다.

딸랑, 딸랑—

……없다!

사무실 현관의 문이 조금씩 흔들리고 있었다.

백정들과 사력을 다해서 사투를 벌이는 동안 상준, 이 개자식이 달아나 버리고 만 것이다.

도수는 문을 벌컥 열고 복도로 나갔다. 놈의 발자국 소리가 들린다.

멀리 가지 않았다.

도수가 복도를 쫓아 내려갔다. 놈의 발자국 소리는 들리지만 모습은 보이지 않았다.

이러다가는 놓친다.

어쩌면 영영 자신 앞에 나타나지 않을지도 몰랐다.

절대로! 절대로, 그렇게 둘 수는 없었다.

도수는 계단 중앙으로 뛰어내렸다.

그의 몸이 허공에 붕 뜬 후 1층을 향해서 자유 낙하를 시작했다.

5층부터 1층까지 떨어지는 시간은 눈 깜짝할 사이였다.

이대로 떨어지면 크게 다치든지 죽을 수도 있었다. 도수는 팔을 뻗었다.

계단 난간에 손가락이 닿는다.

우득!

하지만 그의 몸무게와 중력의 힘을 손가락 마디만으로 견

며 낼 수는 없었던 모양이다. 손가락이 위로 휘어 버리고
말았다.

자신의 힘을 너무 과신한 탓일까.

그래도 추락하는 속도가 조금은 줄었다.

쿠우우웅—

도수의 양발이 바닥에 닿았다. 엄청나게 큰소리가 건물
안에서 울렸다.

"크흐흑."

도수는 발끝부터 고통이 시작되더니 허리까지 심하게 울
렸다.

다리가 저릿저릿하여 입술 끝이 파르르 떨리는 듯싶었다.

하필 이럴 때 다리가 움직이지 않는다.

설마 이럴 때 골절이 된 것인가.

안 돼!

상준이 보였다.

그가 2층에서 막 내려오던 참이었다. 그는 도수를 보고서
는 경악스러운 표정을 지었다. 이건 말도 안 돼, 라는 표정
이 역력하다.

"어, 어이, 도수 형. 하긴 5층에서 뛰어내리고 멀쩡한 인
간이 있을 수는 없지. 다리가 부러졌나 보지? 그렇게 자빠
져서 있는 걸 보니. 어쨌든 다행이군."

상준은 최대한 등을 벽에 붙이고 복도를 지나쳤다.

맹견을 피하는 모습이었다.

일부러 그와 맞붙으려고도 하지 않았다.

도수가 억지로 몸을 일으켜 그를 붙잡으려고 했다.

가까스로 그의 손가락이 그의 상의를 붙잡는다.

손가락 힘만으로도 충분히 놈을 잡을 수 있을 것이라 여겼다.

상준은 품에서 칼을 꺼내 그대로 베었다. 중지 손가락 한마디의 반이 놈의 칼에 의해서 잘려 나갔다.

시뻘건 피가 앞으로 튀어나오고, 흰 뼈가 훤히 보였다.

도수의 입에서 신음이 흘러나왔다.

그래도 포기하지 않는다.

다른 손을 뻗어서 놈의 옷을 잡으려고 한다.

하지만 도움닫기가 되지 않았다. 다리를 다쳐 완전하게 추진력을 잃었다.

상준과 도수의 손가락 사이가 멀어졌다.

10cm…… 20cm…… 50cm…….

점점 멀어져 갈 뿐.

"비, 빌어먹을!"

도수는 앞으로 쓰러지고 말았다. 손아귀에서 놈이 사라져 간다.

반쯤 잘린 손가락의 고통 따위는 느껴지지가 않았다.

"큭큭큭큭, 도수 형. 억울한가? 나도 억울해. 다음에 볼 때는 반드시 너의 목을 산 채로 잡아 뜯을 거야. 각오하고 있으라고."

상준의 목소리가 메아리친다.

"으아아아아악!"

도수는 그를 향해서 광포한 울음소리를 터트리고 말았다.

2.

상준

CITY OF
WILD BEAST

도수에게서 멀어진 상준은 거친 숨을 내쉬고 있었다.

심장이 입 밖으로 나올 것처럼 심하게 뛰었다. 그는 뛰면서 몇 번이나 뒤를 돌아봤다.

당장이라도 도수가 나타나 자신의 목을 부러트릴 것만 같았다.

마도수.

마도영의 형.

예전에 기억하던 도영이의 형은 키만 컸지 별 볼 일이 없었던 인간이었다.

나약하고 소심하며 혼자서 할 줄 아는 것이라고는 가족 걱정뿐이었던 녀석이다.

그런 그가 그런 괴물이 되어서 나타날 줄이야.

방금 전의 일을 떠올리기만 해도 온몸에 소름이 돋아났다.

상준은 죽기 살기로 뛰었다. 일단은 놈에게서 벗어나야만 한다.

놈에게 응징을 가하는 것은 그 이후였다.

큰 도로가 나왔다.

많은 사람들은 아니지만 종종 거닐었다.

새벽 청소를 하러 나온 청소부들도 있었다.

핸드폰을 꺼내서 확인을 하려고 했지만 주머니에 없었다.

어딘가에 떨어트린 모양이었다.

"제기랄, 하필 이럴 때."

일이 꼬이려니 별게 다 훼방을 논다는 생각이 들었다. 그는 손을 들어서 택시를 잡았다. 큰 도로지만 택시는 그다지 보이지 않았다.

이 시간에도 도수가 불쑥 나타날 것만 같았다.

상준은 계속해서 자신이 뛰쳐나왔던 골목을 확인하면서 택시를 잡기 위해 손은 흔들었다.

10분 정도가 지났을까.

상준은 간신히 택시를 잡아탈 수가 있었다.

택시의 문을 열고 뒷좌석에 앉자 그제야 조금은 마음이 놓였다.

이제 기댈 곳은 그놈들밖에 없었다.

그놈들에게 상당히 많은 빚을 져야겠지만 도수만 잡을 수가 있다면 상관이 없었다.

놈은 H—시큐리티의 사장.

아무리 적게 잡아도 40억 이상의 가치는 될 것이라고 여겨진다.

그 회사만 넘겨받으면 모든 빚을 청산하고 다시 시작할 수가 있었다.

"어디로 모실까요, 손님."

머리가 반쯤 벗겨지고, 남은 머리도 허옇게 센 택시 운전사가 물었다.

"경기도 오산으로 가 주세요."

상준은 대답했다.

"경기도 오산이오?"

택시 운전사가 되물었다.

"그래요. 어서 갑시다."

"네, 알겠습니다."

택시 운전사의 목소리가 밝아졌다.

오늘은 매상이 오르지 않아서 답답했는데 오래간만에 큰 건을 물었다고 생각한 모양이었다.

그는 뽕짝이 나오는 라디오의 볼륨을 높이고는 오산을 향해서 빠르게 차를 몰았다.

*　　*　　*

대포는 천천히 눈을 떴다.

의식이 돌아옴과 동시에 온몸의 고통이 그의 전신을 쑤셔 팠다. 바늘로 사지를 찌르는 느낌이었다.

"크흑."

자신도 모르게 입에서 신음이 흘러나왔다. 몸을 최대한 움직이지 않고 심호흡을 한다.

조금씩 고통이 사라졌다.

그제야 대포는 눈으로 자신이 어디 있는지 확인을 할 수가 있었다.

하얀 백열전등, 희미한 알콜 냄새, 간이침대 그리고 팔에 꽂혀 있는 링거.

병원인가?

그렇게 생각할 수밖에 없었다.

고개를 돌려서 옆을 바라봤다.

세 명의 동생들이 온몸에 붕대를 감고 죽은 것처럼 누워 있었다.

눈을 드라이버에 찔렸던 동생과 빌딩에서 떨어진 동생은 보이지 않았다.

정신을 차린 사람은 자신밖에 없었다.

도대체 누가?

대포는 정신이 끊기기 전에 일을 조금씩 되새겨 봤다.

그 맹수와 같은 사내가 혼자서 백정으로 불리는 자신들을 모조리 때려눕혔다.

마지막까지 발버둥을 쳤지만 자신의 능력으로는 그를 잡

을 수가 없었다.

본래 인간이 상대해서는 안 될 종자였다.

그의 일격에 수많은 지옥을 건너왔던 자신의 모든 것이 한꺼번에 무너졌다.

정말로…… 정말로 무시무시한 일격이었다.

그런 주먹을 그 사내에게 있다는 것은 신의 농간이리라.

어쨌든 그 이후 기억을 사라졌다. 자신과 동생들을 이곳에 옮겨 올 사람은 없었다.

서울에서 죽어도 무연고자로서 처리가 될 것이다. 지문도 없고, 주민등록번호도 없었다.

당연하다.

그들은 밀입국을 한 조선족이니까.

아는 사람도 없었다.

그럼 도대체 누가 자신들을 이곳에 데리고 와서 치료까지 했다는 말인가.

이해가 되지 않는 대포였다.

"여, 일어났구먼."

거대한 덩치의 사내가 싱글싱글 웃으면서 다가왔다. 웃는 모습이 꽤나 귀여운 사내였다.

"내 소개부터 하지. 나는 기동이라고 혀. 회장님의 명령으로 너희들을 이곳으로 데리고 온 사람이제."

"기, 기동? 회장님?"

그가 말하는 뜻이 무엇인지 정확하게 알 수가 없었다.

"회장님 몰러? 대갈빡을 너무 세가 맞은 거 아녀? 니랑 저 애들이랑 회장님하고 삼빡하게 한판 붙었다면서."

그제야 대포의 머릿속에 반짝였다.

도수라는 사내가 회장이었던가?

그럼 H—시큐리티의 회장? 무슨 회장이라는 놈이 이렇게 싸움을 잘하냐는 말이다.

"눈동자가 위아래로 마구 돌아댕기는 것 보니께 이제야 퍼뜩 생각이 떠올랐나 보구마이."

대포는 억지로 몸을 일으켰다.

몸을 일으키자 온몸의 뼈마디가 비명을 질러 댔다.

비명을 지르자니 입안이 휑한 느낌이 들었다.

손을 간신히 들어서 이빨을 만져 봤다. 앞니가 모조리 부러져 있었다.

하긴 그런 무시무시한 일격을 맞았으니 죽지 않은 것이 다행이다.

"왜 우리는 살려 준기요?"

"뭐꼬, 북한 사람이여? 아니면 조선족이요?"

"날래 묻는 말에 대답하기요."

대포는 기동을 매섭게 쏘아봤다.

어렸을 적에 부모에게 버려진 후 누구도 믿지 않고 살아왔다.

살기 위해서 9살에 칼을 들었고 살인을 했다.

선의를 베푸는 척 다가오는 자들은 더욱 위험했다. 그들은 언제라도 등 뒤에서 칼을 찌를 수 있는 자들이니까.

"워매, 눈깔이 봐라. 완전 승냥이구먼. 회장님도 애를 먹었다고 하드니만, 참 말인가벼."

대포는 눈동자를 돌렸다.

지금 그의 몸으로는 제대로 움직일 수가 없었다. 눈앞에 있는 거구의 사내는 만만한 자가 아니었다.

이런 자를 쓰러트리기 위해서는 단 일격에 끝내야 한다.

그렇지 않으면 자신이 위험했다.

칼은 없다. 그렇다면 주변에 상황을 이용해서 기동이라는 자를 쓰러트려야 한다.

쓸 수 있는 무기는 링거, 링거 받침대, 그리고 팔에 꽂혀 있는 바늘.

대포는 팔에 꽂혀 있는 바늘에 손을 댔다.

단번에 기동이라는 거인의 목을 찌를 심산이었다.

"아따, 그놈 눈깔은."

어, 어느새.

기동의 손이 대포의 손등 위에 올라와 있었다.

아무리 다쳤다고 하지만 이 거구가 움직이는 것을 보지 못했다.

"회장님이 니 깨어나면 물어보라카더라."

"무엇을 말이요?"

"니 취직 안 할래?"

정말 뜬금없는 말이었다.

"……."

의도를 모르니 대답을 할 수가 없었다.

"니들 용병이제? 돈 받고 일하는 아들. 우리 회장님께서 니들 억수로 잘 봤다 아이가. 상준이 밑에서 일할 애들이 아니라고도 하드만. 니들 실력으로 그 새끼 밑에 있다는 것은 연고가 없다는 뜻 아이여? 맞제? 그러니께, 니 우리 회사에 취직해라. 아, 미안하지만 니 친구들 중 두 명은 크게 다쳤다. 죽지 않은 것이 다행이여. 한 놈은 실명을 했고, 한 놈은 허리가 부러졌다. 그래도 간신히 살리기는 살렸다 아이가. 회장님께서 보상은 해 준다고 카더라. 원망 안 할끼제? 죽고 죽이는 싸움판에서 목숨을 건졌으면 된 거 아이가."

"내보고 그 사람 똥구녕을 빨란 소리시오?"

"뭐꼬, 한 귀로 듣고 한 귀로 흘렸노. 다시 말할게 잘 들어라. 회사원으로 취직을 해라 말이다. 4대 보험 딱딱 떼고, 정장 입고, 머리 깨끗하게 하고, 수염 밀고, 아침 9시에 지하철에 낑겨 출근해서 오후 6시에 퇴근 못해 한숨이나 쉬란 소리다."

취직을 하라고?

정말로? 말도 안 된다.

대포가 생각하기에 자신을 죽이려고 했던 상대에게 호의를 베푼다는 것은 말이 되지가 않았다.

아니면 자신쯤은 언제 덤벼도 상관이 없다는 자신감의 발로인가.

"참고로 얘기하면 우리 회사가 무척이나 커지고 있다 아이가. 회사는 커지는데 사람이 없어. 왜냐고? 소종태랑 염민혁이라는 새끼 때문에 아들이 많이 사라졌거든. 그래서 우리는 쓸 만한 아들이 필요해. 지금 회장님의 경호를 맡고 있는 사람은 수태라는 잔데 그 사람이 꽤나 유능하단 말이여. 경호만 맡기기에는 능력이 너무 아깝다 아이가. 그래서 대신 회장님을 지킬 아들이 필요한기라."

"그러끼래 수태라는 자에게 다른 일을 시키고 우리에게 회장의 경호를 맡기겠다는 소리요?"

"빙고."

"우릴 뭘 믿고?"

"내야 모르제. 회장님이 결정하신 거니께."

회장님.

마도수라는 자.

보스인 상준이 극도로 회피하는 자.

도대체 그 사람은 누구지?

"그 사람을…… 만나 보고 싶소."

"누구? 회장님?"

기동이 물었다.

대표는 아무런 말없이 고개를 끄덕였다.

"그렇지 않아도 회장님께서 니들 깨어나면 보고 하라고 하셨다. 여기서 쉬고 있그래이. 아, 배고프면 자장면 시켜 주까? 여기 회사 앞에 자장면이 괜찮거든."

자장면이라.

한국에 와서 처음 먹어 봤던 음식이다.

그 이후 먹어 본 적은 없지만 눈물 젖은 자장면의 맛은 똑똑히 기억을 하고 있었다.

한국에 와서 항상 긴장만 하고 살았다.

언제 누구를 죽여야 할지, 누구의 배를 갈라야 할지.

개처럼 한국 사람들의 배를 가르고 돈을 벌었다.

죄책감?

그런 것 따위는 이미 연변에 두고 왔다. 대포와 동생들에게는 가족이 있었다.

가족을 위해서라면 무엇이든 할 생각이었다.

그렇기에 먹어야 산다. 쉰밥이라도, 쓰레기통에 버려진 밥이라도 먹어야 움직일 수가 있었다.

대포는 고개를 끄덕였다.

"후후, 하루 반나절을 자빠져 있었으니 꽤나 배고플끼다. 여기서 쉬고 있으라고. 내 자장면 곱빼기로 시켜 줄라니까."

기동은 빙긋 웃으며 문을 열고 밖으로 나갔다.

약 15분 정도가 흐른 후 중국 음식점에서 배달이 왔다.

본래 그 집은 배달 전문이 아니라고 했지만 단골 회사라 이곳만 특별히 배달이 된다면서 배달원은 말했다.

다른 세 명의 동생들도 깨어났다.

그들도 무슨 일이 벌어졌는지 어안이 벙벙한 모양이었다.

대포는 자초지종을 이야기해 주었다. 동생들은 믿을 수

없다는 표정으로 대포를 바라봤다.

"그게 말이 됩네까. 아무 이유도 없이 우리를 살려 주다
니요. 한국은 자본주의 사회 아입네까. 돈 없으면 물 한 모
금도 주지 않는 자본주의 사회 말입네다."

동생 중에 서열이 2위인 개고기가 말했다.

"그래서 일단 회장을 만나 보기로 했다. 일단 회장의 본
마음이 어떤지 알아보고 결정을 내리자."

"만약 저희가 회장의 부하가 되지 않겠다면 하면요? 저희
토막 내서 죽이지 않겠습네까."

"그러지는 않을 꺼 같다."

"어이 압네까."

"그냥…… 감이다."

정말로 그럴 것 같았다.

상준의 사무실은 화기애애하며 웃고는 있지만 항상 칼 위
에 올라가 있는 것 같은 위화감이 있었다. 하지만 이곳은
그런 느낌이 전혀 없었다.

꼬로로록—

대포의 배에서 배고픔의 소리가 들렸다.

꼬로로록, 꼬로로록.

다른 백정들도 마찬가지였다.

아무리 인간의 목숨을 쉽게 생각하는 그들이라고 하더라
도 신체에서 울리는 반응은 어쩔 수가 없었다.

자장면 냄새가 그들이 누워 있는 장소에 진동을 한다.

"일단 먹자."

그들은 자장면의 비닐을 벗겼다.

기동이라는 자는 친절하게도 탕수육까지 시켜 줬다.

대포와 동생들은 허겁지겁 자장면과 탕수육을 먹었다.

맛있다.

한국에 와서 이렇게 맛있는 음식은 처음 먹어 본 것 같았다.

뚝.

어쩐지 눈물이 흘렀다.

왜 이렇게 살아야 하나, 라는 비참함과 겨우 밥 한 끼에 고마움을 느끼는 자신의 너무도 한스러웠다.

그래도…… 그래도.

따뜻한 밥 한 끼는 냉혈한이던 대포의 마음을 조금씩 녹이고 있었다.

그들이 도수와 대면을 한 것은 식사가 마친 후 1시간 정도가 흐른 뒤였다.

도수는 다리를 절룩거리면서 방문을 열고 들어왔다. 정장을 입고 있지만 양말은 신고 있지 않았다. 한쪽 발목에는 압박붕대를 감고 있었고 슬리퍼를 신었다.

저 괴물과 같은 사내가 다쳤다는 게 믿기지가 않았다.

도수는 의자를 가지고 와서 앉았다.

다정다감하게 대면하지 않을 것이라 예상은 했지만 도수의 눈초리는 무척이나 사나웠다.

정말로 이자가 자신들에게 취직을 권유했는지 의아할 정

도였다.

도수는 아무런 말을 하지 않자 백정들도 입을 열지 않았다.

이런 분위기.

숨이 막힐 지경이었다.

대포의 동생들이 개고기와 사슬, 개코가 서로의 눈치를 보았다.

"궁금한 건 나중에 내 동생들에게 듣도록 해."

드디어 도수가 입을 열었다.

"그리고 먼저 내 말을 듣고 선택해. 너희들이 내 밑으로 들어오지 않는다고 해서 해코지를 하거나 할 생각은 추호도 없다. 나와 뜻이 맞지 않는다면 너희들이 가고 싶은 길을 가면 되는 것이다."

"그, 그 말을 믿어도 되겠습네까."

대포가 물었다.

"그래. 중국으로 돌아가든, 서울에 남든 상관하지 않겠다. 물론 나와 다시 적이 된다면 그때는 지금처럼 온화하게 대화 따위는 하지 않을 거야. 그건 너희들도 알겠지만."

"알겠습네다."

대포는 고개를 끄덕였다.

"나에게는 동생이 있었지. 도영이라고 나와는 다르게 꽤나 유능한 애였어……."

도수는 담담하게 이야기를 시작했다.

도수의 이야기를 듣고 있던 대포와 세 명의 동생들의 표정이 묘하게 변했다.

마도수를 맹수로 변하게 한 근본적인 원인을 제공한 자는 다름 아닌 상준이라고 해도 무방했다.

애초에 그가 도수의 동생에게서 사기를 치지 않았다면 이런 일도 벌어지지 않았을 것이다.

대포는 한국에 와서 나비효과라는 말을 들어 본 적이 있었다.

아주 멀리서 나비가 휘두른 날갯짓이 뉴욕에 태풍을 일으킨다는 말도 안 되는 소리였다.

하지만 지금 벌어진 일을 보자면 꼭 허풍만은 아니었다.

상준이 친구인 도영을 속여서 갈취한 돈은 몇 천만 원밖에 되지 않는다.

그러나 그 일로 인해서 도수의 어머니는 죽고, 도수는 10년간 억울한 옥살이를 해야만 했다.

그가 감옥에서 얼마나 이를 갈았는지 이해가 간다.

세상이 원망스럽고, 믿을 사람들이 하나도 없었겠지.

자신들처럼.

그런 그가 맹수가 되어서 다시 태어났다. 도시 한복판에 인간의 탈을 쓴 맹수로서 말이다. 더군다나 그는 막강한 지원군을 얻었다.

현율 실업.

깡패들이 개과천선을 한 것은 아니었지만, 그들의 특성을 십분 발휘하여 부동산 업계로 뛰어들었다. 그리고 자회사로서 H—시큐리티도 설립했다.

기동이라는 자가 회사는 커지는 데 인재가 없다고 말을 했는지 이해가 될 것 같았다.

"그래서 나는 내 등 뒤를 맡길 너희들이 필요하다."

도수는 말을 끝마쳤다.

그가 한 말은 의리니, 신뢰, 열정처럼 빤하고 부끄러운 말이 아니었다.

돈을 줄 것이다. 그러니 그만큼 일을 해라. 다른 회사로 옮기겠다면 깔끔하게 사표를 던지고 나가라, 이 말인 것이다.

"어떡하겠나?"

도수가 다시 물었다.

대포는 천천히 자리에서 내려왔다.

식사를 해서인지, 시간이 지나서인지 모르지만 비명을 지르던 뼈마디의 고통은 한결 줄어들었다.

대포가 간이침대에서 내려오자 동생들도 같이 움직였다.

그들은 도수에게 양쪽 무릎을 꿇었다.

"계약하겠습니다, 회장님."

"계약하겠습니다, 회장님."

대포가 선창하자 동생들이 후창을 한다.

고개를 끄덕인 도수가 자리에서 일어났다.

"목숨을 다해서 충성하겠습니다, 라고 말을 하고서는 뒤에서 칼을 꽂는 놈들보다 훨씬 인간적이군. 몸이 다 나으면 기획실로 가서 이기현 실장을 찾아. 그와 연봉 협상을 해. 1년차 사원이니까 그리 높지는 않을 거야. 가는 길은 비서실에 채진아 비서실장에게 물어봐. 그녀가 가르쳐 줄 거야."

"알겠습네다."

도수는 절룩거리면서 문을 열고 밖으로 나갔다.

밖에서 기동과 처음 보는 얼굴의 사내가 대기를 하고 있었다.

그 사내의 얼굴은 냉혹했다. 그는 대포를 서늘한 눈빛으로 바라봤다.

대포는 그가 자신보다 하수가 아님을 대번에 눈치챘다.

아마도 그가 회장님의 경호를 맡고 있는 수태라는 사내일 것이다.

"형님, 봤습네까? 살기를 풀풀 풍기는 새끼."

개고기가 대포에게 말했다. 그는 고개를 끄덕였다.

"기동이라는 거인도 그렇고, 그 사내도 그렇고, 모두 꽤나 한가락 할 것 같지 않습네까."

"맞아. 그리고 그런 자들 모두 회장님의 부하 직원들이지."

대포는 도수의 미래가 궁금해졌다.

말 그대로 기동과 수태는 도수의 부하 직원들 중에 한 명이다.

얼마나 많은 인재들이 그 밑에 있을지 짐작이 가지 않았다.

그리고 더욱 더 많은 인재들이 도수의 밑으로 몰려들

것이다.

대포는 자신의 손아귀를 꽉 쥐었다.

어쩌면 자신과 동생들은 동아줄을 잡은 듯했다. 그것도
천상으로 올라갈 수 있는 동아줄을.

*　　*　　*

상준은 오산시에 있는 5층짜리 건물 앞에 서 있었다.

건물 하나만 덩그러니 놓여 있어서 을씨년스럽기 짝이 없
었다.

5층 건물 옆에는 두 채의 가건물이 있었고 짙게 썬팅을
한 봉고차 네 대, SUV 승합차 세 대, 고급 외제차 두 대가
서 있었다.

건물 곳곳에 간판들이 붙어 있지만 불은 들어오지 않았
다.

1층도 마찬가지였다. 편의점 간판만 달려 있고, 셔터는
내려져 있어서 장사는 하지 않았다.

창문들 사이로 빛도 흘러나오지 않는다.

차들이 있는 것으로 봐서는 사람들이 있는 것 같지만 흔
적들은 찾아볼 수가 없었다.

그렇다고 그 건물만 휑하니 있는 것은 아니었다.

대략 30m—50m 떨어진 곳에도 불이 켜진 다른 건물들
이 있었다.

그 건물들에는 상점도 있고, 호프집도 있으며 곧잘 사람들도 드나들었다.

건물 현관 앞, 검은색 팬으로 찍어 놓은 작은 점 세 개.

상준이 아는 한 대한민국 내에서 가장 잔인하고, 가장 악랄하고, 피도 눈물도 없는, 인간이기를 포기한 욕망의 화신이 똬리를 틀고 있는 곳이다.

그에 대해서 알고 있는 사람들도 극소수였다.

또한 신기하게도 그의 얼굴을 본다고 하더라도 기억을 하는 사람은 없었다.

상준 또한 그렇다.

그를 처음 알게 된 것은 15년 전.

도영과 영수, 호일, 모두 같은 반이었다.

그는 같은 반이었음에도 무척이나 조용한 학생이었다. 누구도 그에게 말을 걸지 않았고, 먼저 얘기를 걸지도 않았다.

그의 이름을 기억하는 사람도 없을 것이다.

마치 투명한 유리와 같은 자다.

그의 이름은 피현득.

유령이라고도 불린다.

도수가 맹수와 같은 자라면 현득은 귀신의 형상을 한 자였다.

꿀꺽.

상준은 마른침을 삼켰다.

현득이 말하기를 나를 찾아오지 말아라, 나를 기억도 하지 말아라, 돈이 벌고 싶으면 산사람을 데리고 와라, 라고 하지 않았던가.

선물이나 줄 돈이 없다면 그에게 상준은 하등 가치가 없었다.

그래도 그가 마지막으로 기댈 곳은 이곳 하나뿐이었다.

돈이라면 나중에 열 배, 백 배로 갚아 주면 되는 일이다.

위이잉—

작은 기계음이 들렸다.

현관문 앞에 있는 CCTV가 상준에게로 움직였다.

CCTV는 살아서 움직이는 생물처럼 한참 동안이나 상준을 지켜보고 있었다.

상준은 CCTV를 향해서 말했다.

"혀, 현득이를 만나고 싶소."

잠시 정적이 흘렀다.

—누군데?

어딘가에 붙어 있는 스피커에서 낮은 기계음이 흘러나왔다.

"현득이와 친구이자 동업자요. 상준이라고 하지."

—잠시 기다리시오.

그 말을 끝으로 상준은 20분 이상을 기다려야 했다.

초조해서 담배를 피우고 싶었지만 참기로 했다.

건물에 설치된 수많은 CCTV가 그의 모습을 확인하고 있을 것이다.

조금이라도 당당한 모습을 보여야 한다.

그래야만 현득과 거래에서 어느 정도 보상을 받을 수 있을 테니까.

발걸음 소리가 들렸다.

2층에서 들리는 소리였다.

두 사내가 계단을 내려왔다.

건달이라기보다는 양아치에 가까운 모습이었다.

찢어진 청바지와 힙합 스타일에 청바지를 입고 있었고, 귀와 눈썹, 코에는 피어싱을 했다.

나이도 많아 보이지 않는다.

아무리 많이 봐 줘도 20대 초반, 적게 잡으면 10대였다.

귀에는 커다란 헤드셋을 들으면서 내려온다. 노래에 맞춰 몸을 흔들거렸다.

그들은 빌딩 현관문까지 내려온 후 문을 열어 주었다.

두 청년 중에 한 명이 헤드셋을 벗었다. 그리고 상준에게 말했다.

"따라와."

따라오라니.

이 어린놈의 새끼가.

보통 때라면 따귀라도 올려쳤을 테지만 지금은 그럴 때가 아니었다.

상준은 묵묵히 고개를 끄덕인 후 두 청년의 뒤를 쫓아갔다.

두 청년들은 2층으로 올라갔다. 빛이 하나도 없어서 걷기가 무척이나 어려웠다.

청소는 전혀 하지 않았는지 먼지와 곰팡이가 섞인 냄새가 물씬 풍겨 왔다.

창문을 신문지로 막아 놓아서 낮이라고 하더라도 상당히 어두울 듯싶었다.

청년들은 2층 복도 끝까지 걸어갔다.

그리고는 다시 1층으로 내려간다. 아니, 정확히는 지하 2층까지 걸어서 내려갔다.

지하 2층에 다다르자 빛이 조금씩 보였다.

백열전등이 흔들흔들 흔들렸다.

사람의 그림자가 흔들리는 백열전등에 의해서 길어졌다 짧아졌다를 반복했다.

봄이 지나고 반팔을 입을 정도로 날씨가 포근했지만, 어쩐지 이곳만은 다시 겨울로 돌아온 것만 같았다.

죽음의 냄새가 풍겼다.

등줄기에 오싹하다.

그럼에도 두 명의 청년들은 음악에 맞춰 몸을 흐느적거리면서 앞으로 걸어가고 있었다.

이곳에 대해서 매우 익숙한 모습.

지하 2층에는 문이 없었다. 애초부터 문짝이란 이곳에 존재하지 않는 듯했다.

복도에는 10여 개의 방들이 있었고, 모두 냉기를 물씬 풍겼다.

그중에 한 방에서만 냉기가 없었다. 따뜻한 기운이 풍겼다.

상순은 잠시 걸음을 멈추고 그 방을 바라봤다.

두 명의 사내가 흰색 가운을 입고 있었다.

한쪽 벽에는 커다란 전기난로가 있었는데 그곳에서 열기가 나오는 모양이었다.

흰색 가운을 입은 사내 앞에는 무척이나 어려 보이는 여자가 수술대 위에 올라 있었다.

그 여자는 아무런 옷을 걸치지 않았다.

피가 사방으로 튀고, 목부터 배꼽 아래까지 배가 열려 있었다.

두 사내는 그녀의 배에서 장기를 꺼낸다. 그러고는 꺼낸 장기를 비닐 팩에 싸서 아이스박스에 담는다.

이제껏 돈을 갚지 못한 채무자들은 팔아넘기기만 했지 장기 적출하는 모습은 처음을 봤다.

기껏해야 20대 초반의 여자. 저 여자는 무엇을 빌렸기에 갚지 못하고 저런 꼴이 됐을까.

여자의 두 눈동자는 떠져 있었다.

동공이 움직이는 것으로 봐서 아직 살아 있는 듯했다.

뭔가 말을 하려고 하는지 입술이 바들바들 떨렸다.

그러나 그것뿐.

이미 저 여자는 죽은 사람이었다.

누구도 그녀를 기억하지 못하며, 누구도 그녀의 마지막 말을 듣지 못할 것이다.

속에서 신물이 튀어나오려고 한다.

목구멍까지 넘어왔던 신물을 억지로 삼킨다. 역한 신맛이 콧속을 맴돌았다.

톡톡.

찢어진 청바지를 입은 청년이 상준의 어깨를 쳤다. 상준은 고개를 돌려서 그를 바라봤다. 청년은 고개를 까닥거리면서 어서 따라오라는 행동을 보였다.

상준은 고개를 끄덕인 후 청년들을 쫓아갔다.

지하 2층 끝에는 엘리베이터가 있었다.

출입문은 그가 들어온 곳 하나뿐이다. 2층에서 3층으로 올라갈 계단도 보지 못했다.

즉, 경찰들이 이곳을 덮친다고 하더라도 미로처럼 만들어놓은 복도를 빙빙 돌아야만 했다.

청년 중에 한 명이 엘리베이터 버튼을 눌렀다. 거친 기계음이 들리며 엘리베이터가 내려왔다.

청년들과 상준은 엘리베이터에 올라타자 청년은 4층을 눌렀다.

엘리베이터가 4층으로 올라갔다. 그 안에서 상준은 심한 갈증을 느꼈다.

어쩐지 피현득을 만나기가 두려워진다.

놈은 고등학교 시절에도, 지금에도 인간의 느낌을 주지 않는다.

덜컹.

엘리베이터가 멈췄다.

문이 열리자 청년들이 내리자 상준도 그들을 따라 내렸다.

4층은 하층과는 많이 분위기가 달랐다.

바닥도 깨끗했고, 천장에는 사이키 조명이 이곳저곳에서 돌아갔다.

음악소리가 곳곳에서 들린다.

담배를 피는 사람, 마약을 하는 사람, 술을 마시는 사람, 섹스를 하는 사람, 문신을 파는 사람 등 모든 쾌락을 한 층에서 즐기고 있었다.

청년들도 있었고, 머리가 훌렁 벗겨진 중년의 사내도 있었다.

여성들은 대부분 10대 후반에서 20대 초반으로 보인다.

소름이 끼치도록 기묘한 분위기였다.

청년 중에 한 명이 헤드셋을 벗고는 상준에게 말했다.

"기다려."

그러고는 안쪽으로 들어가 버렸다.

10분의 시간이 흘렀다.

극도의 초조함을 느낀 상준은 속 주머니에 있던 담배를 꺼내서 물었다.

그가 담배를 폈지만 아무도 그에게 눈길 한 번 주지 않았다.

다시 10분의 시간이 지났다.

거대한 체구의 사내가 그에게 다가왔다.

검은색 티셔츠 입고 가죽 바지를 입고 있었다.

검은색 티셔츠 가슴에는 해골이 그려져 있었고 해골 가운데 'KILL'이라는 글자가 선명하게 찍혔다.

머리카락만 길었다면 헤비메탈을 하는 음악광인 줄 착각했을 것이다.

사내는 주머니에 손을 넣고 아까 청년들처럼 고개만 까닥거리고는 등을 돌려서 걸어갔다.

쫓아오라는 소리 같았다.

상준은 거구의 사내를 쫓아갔다. 거구의 사내는 현실 같지 않은 분위기를 풍기는 방들과 복도를 지나서 5층으로 올라갔다.

5층은 복도와 방들이 하나도 없었다. 5층 전체를 통째로 튼 것이다.

기둥과 책상 하나밖에 보이지 않는다. 아니, 벽에는 책장과 책들이 가득하다.

바닥에는 붉은색 카펫이 깔려 있었고, 천장에는 무척이나 비싸 보이는 조명이 반짝였다.

그것뿐이었다.

저 돌려진 의자에 누가 앉아 있는지 상준은 직감적으로 느꼈다.

이곳 어디선가 열풍기가 돌아가서 전체적으로 훈훈하지만 그가 앉아 있는 곳에서만큼은 차가운 냉기가 물씬 풍겨 왔다.

물론 그것이 자신만의 느낌이라는 것은 안다. 하나, 온몸에 소름이 돋고 등골이 오싹한 것은 달리 어떤 말로 표현하라는 말인가.

끼이이익—

의자가 빙그르르 돌아갔다.

그의 얼굴이 보인다.

피현득.

상준과 호일과 영수와 도영의 동창생.

실선처럼 작은 눈, 염색하지 않는 머리카락, 대학생과 같은 평범한 머리 스타일, 고운 턱선, 가지런한 치아, 높지도 낮지도 않은 콧날, 얇은 입술.

어디서나 볼 수 있는 지극하게 평범한 얼굴.

그렇지만 신기하게도 등을 돌리고 나면 놈의 얼굴이 기억나지 않는다.

신기하게도 말이다.

그는 양손을 마주 끼고는 팔꿈치를 책상 위에 올렸다.

그리고 손가락 위에 턱을 올렸다.

녀석의 얇은 입술이 열렸다.

그의 말이 떨어지기까지 무척이나 긴 시간이 지나는 듯했다.

"어쩐 일이야, 친구. 날 찾아오기 위해서는 무엇이 필요한지 알고 있을 텐데. 아무리 봐도 넌 맨손인 것 같아서 말이야."

악마의 목소리가 들렸다.

3.
유정의 슬픔

CITY OF
WILD BEAST

상준의 행적을 놓쳤다.

상준이 가 볼 만한 곳을 샅샅이 뒤졌지만 놈은 한국을 떠난 것처럼 완전히 사라졌다.

그의 친족들을 모두 감시했다.

아내, 아이들, 부모님, 처가.

20명이나 되는 사원들을 동원해서 그들을 감시했지만 그는 나타나지 않았다.

머리카락도 보이지 않았다.

혹여 그에게 전화를 받았다면 어떤 식으로든 낌새가 보였을 것이지만 전혀 그런 것이 없었다.

상준의 아내만 조급해할 뿐이었다.

그녀는 계속해서 상준에게 전화를 거는 모습이 포착되었

다. 상준이 받지 않는지 문자부터 녹음까지 몇 번이나 반복
했다.

그렇다고 완전히 그의 꼬리가 사라진 것은 아니었다. 상
준의 추악한 짓을 도맡아서 하던 대포가 어느 정도 그의 행
동 경로는 예상할 수 있었기 때문이다.

가장 먼저 상준의 첩이 살던 고척동을 기습했다.

겨우 22살짜리 여대생과 살림을 차렸던 그. 32평이나
되는 아파트를 사 주고, 일주일에 한두 번씩 꼭 들러서 성
욕을 해소하고는 했다.

하지만 여대생은 아무것도 알지 못했다. 도수와 대포가
들이닥치자 겁에 질려서 울기만 했다.

그녀의 핸드폰과 메일을 뒤져 보았다.

아무것도 나오지 않았다.

도수는 고개를 갸웃거렸다.

있을 수가 없는 일이었다.

상준이 가진 돈이 과연 얼마나 될까.

그의 주머니에는 기껏해야 몇 십만 원 혹은 몇 백만 원
정도밖에 없을 것이다.

그 돈으로는 해외로 도피도 하지 못한다.

빈털터리가 된 그를 도와줄 지인은 한 명도 없었다. 뿌린
만큼 거두는 것이다.

그렇다면 상준이 도움을 청할 수 있는 사람은 극히 한정
이 되어 있었다.

가족 아니면 첩.

그러나 그들에게 상준은 나타나지 않았다. 나타날 기미도 없었다.

도대체 어떻게 된 일일까.

노숙자가 되지 않는 이상 나타나지 않을 리가 없었다.

"상준에게 도움을 줄 만한 사람이 있는가?"

도수가 대포에게 물었다.

대포는 눈으로 직접 봤던 사람들은 하나도 빠짐없이 도수에게 말해 주었다. 도수는 기현에게 말해 그들을 직접 찾아 나섰다.

하지만 상준의 행방은 찾을 수가 없었다.

놈은 한국에 있을 것이다.

그리고 반드시 그를 보호하는 자가 있다.

그렇지 않고서는 이토록 감쪽같이 몸을 숨길 수가 없다. 도수는 그렇게 생각했다.

대포는 도수의 경호 팀장으로 발령이 났다. 개고기, 사슬, 개코 모두 경호팀이 되었다. 정식으로 월급을 받는 사원이 된 것이다.

도수는 그들에게 같이 생활을 할 수 있는 오피스텔을 얻어 주었다.

대포는 진심으로 고마워했다.

중국에서도 한국에서도 자신들은 이방인이란 존재에 가까웠다.

도수가 이토록 친절을 베풀 이유는 없는 것이다.

자신들의 능력을 돈으로 산다고 하더라도 충분히 고마울 수밖에 없었다.

전 고용주였던 상준은 자신들을 인간 백정으로만 취급했으니까.

그와 술잔을 기울인 적도 없고, 따뜻한 말 한마디 들은 적도 없었다.

그렇기에 도수의 말 한마디가 더욱 닫힌 마음을 움직이고 있었다.

대포와 동생들은 여관에서 숙식을 해결했다. 한 푼이라도 더 아끼기 위함이었다.

기동이라는 덩치 큰 도수의 부하가 그들을 데리고 오피스텔로 갔을 때 말로 표현할 수 없을 만큼 입이 벌어졌다.

한 달 30만 원에 숙식을 해결하던 여관방과는 차원이 달랐다.

침대와 옷가지, 고급 냉장고, 세탁기, 장롱까지 뭐든 것이 다 구비되어 있었다.

대포와 동생들은 침대 위에 등을 누이고 어린아이처럼 한껏 기뻐했다.

그들은 오피스텔 근처에 사우나를 찾았다.

몸을 푹 불린 후 때를 밀고 머리를 잘랐다. 수염도 깔끔하게 밀었다.

자신들에게 성의를 보여 준 도수를 위해서라도 원래처럼

하고 다닐 수는 없다고 생각했다.

그들이 첫 출근을 했을 때 도수와 기현, 기동도 알아보지 못했을 정도로 말끔해졌다.

눈썰미가 좋고 일처리에 대해서는 무척이나 깔끔했던 채진아가 그들을 보고 누구신지 물었다는 것 자체가 웃지 못할 에피소드였을 정도니까.

대포는 수태에게 일주일간에 인수인계를 받았다.

해결사로서는 능력이 뛰어날지 모르지만 업무적인 일처리에서는 거의 낙제점을 받았다.

당연히 겨우 일주일간의 인수인계로는 그들을 모두 교육시킬 수가 없었다.

수태 역시 새롭게 만들어진 정보 처리 부서로 자리를 옮긴 상황이었다.

신설이 된 부서라 모르는 것도 많았고, 할 일은 산더미처럼 쌓였다.

현율 실업에 관련된 모든 정보들이 그들에게 쏟아져 들어왔다.

90퍼센트 이상이 쓰레기와 같은 정보들이지만 꽤나 유용한 정보들도 많았다.

그 정보들을 분리하고 정리하여 보고를 하는 것만 하더라도 24시간이 모자랄 지경이었다.

많은 사원들이 차라리 깡패였을 때가 훨씬 마음이 편했다고 말을 할 정도였다.

수태의 일처리가 효율적이라고 하더라도 양쪽 부서 일을 모두 도맡아서 할 수는 없었다.

어쩔 수 없이 그는 정보 부서로 옮길 두 명의 팀원들을 경호팀에 그대로 두기로 했다.

그들도 수태의 마음을 이해했다.

그렇기에 대포와 동생들로만 운영이 될 예정이었던 경호팀은 본래 있던 두 명을 더해서 여섯 명이 되었다.

도수의 앞에 여섯 명의 경호팀이 바짝 긴장을 한 채 서 있었다.

적으로 만났을 때와 자신들의 보스로 모시게 됐을 때와는 그 느낌이 무척이나 달랐다.

여섯 명 중에 새롭게 입사한 대포와 동생들은 보기에 안쓰러울 정도로 긴장을 하고 있었다.

아마도 도수가 생각보다 훨씬 대단한 인물이라는 것을 알았기 때문인 것 같았다.

"오늘부터 본격적인 첫 업무인가."

"그렇습네다, 회장님."

대포가 대답했다.

조선족 말투를 쓰지 않으려고 노력하지만 오히려 그것이 더 이상했다.

서울말과 조선족 말투가 뒤섞여 묘한 어감을 만들어 낸다.

나름 이곳에서 생존하기 위한 그들의 노력일 테니 도수는 아무런 말을 하지 않았다.

모두가 업무에 대해서 어떤 식으로 돌아갈지는 알고 있으니 크게 걱정하지는 않는다.

도수는 그들에게 간단한 훈시를 했다. 서로 잘해 보자는 말도 빼놓지 않았다.

"리영춘 팀장과 고기만, 창수, 현일은 맡은 업무에 충실하도록. 그리고 김봉남과 리광죽 사원은 따로 맡을 일이 있다."

도수는 대포와 개고기, 사슬, 개코의 별명을 부르지 않았다.

그들이야 어렸을 적부터 그렇게 서로를 불렀으니 이름보다 편할 수도 있었다.

하지만 회장을 모시는 그들의 이름은 대포니 개고기니, 사슬, 개코로 부를 수는 없었다.

그들도 그것을 이해했다.

업무를 마치고 편하게 부른다면 모를까 회사 내에서는 그렇게 호칭하지 않기로 암묵적 합의를 했다.

"어떤 명령도 내려 주시기만 하시라요. 목숨 걸고 완수하겠습네다."

일명 사슬, 실제 이름은 김봉남, 일명 개코, 실제 이름은 리광죽인 두 사내가 의욕이 넘치는 눈빛으로 말했다.

"너희들은 따로 상준의 뒷조사를 해 줘야겠어. 놈과 친했던 자들이 누구인지, 자주 가던 술집은 어디인지, 회사에서 나와 따로 행동할 때는 언제인지, 낱낱이. 지금 놈은 궁지에 몰려 있다. 상당히 위험할 거야. 어떤 놈들하고 같이 있는지도 확인이 되지 않았고. 그러니 놈을 찾으면 잡을 생각을 하지 말아라. 무조건 본사로 연락을 해."

"알겠습네다. 그럼 저희는 회사로 출근을 합네까?"

리광죽이 물었다.

"놈을 잡을 때까지는 일주일에 한 번 정도만 출근을 해라. 어디서, 어떻게, 놈을 찾고 있는지, 누구를 만났는지, 어떤 자가 의심스러운지 등등을 빼놓지 않고 적어서 보고서를 만들도록 해."

"아, 보고서."

그들이 가장 싫어하는 일 중 하나가 보고서를 작성하는 것이었다.

굳이 말로 하면 될 것은 번거롭게 보고서를 몇 번이나 만들어서 올려야 하는지 이해를 하지 못했다.

하지만 까라면 까야지 어쩔 것인가. 그들도 이제는 한 조직에 속한 인물들이 되었으니까.

보고를 마친 그들은 각각의 업무를 위해서 흩어졌다.

도수가 출타를 하지 않는 한 경호팀이 움직일 일은 없었다.

어쩔 수 없이 가장 바쁜 사람들은 김봉남과 리광죽이 되었다.

그들은 상준과 관련된 모든 사람들은 처음부터 한 명씩

만나며 그의 행적을 추적하기 시작했다.

그들이 나가는 것을 본 도수는 주먹을 와락 말아 쥐었다.

반드시 동생의 행방에 대해서 알아내리라 다짐한다.

절대로 죽지 않았다고 최면을 걸면서.

만약 동생이 잘못되었다면 그가 갈 곳은 하나뿐이었다.

이 일에 관련된 모든 자들을 지옥 속으로 끌고 가는 것!

단 한 놈도 내버려 두지 않으리라.

*　　*　　*

도수는 유정의 집 앞에서 차를 세웠다.

주말이라 리영춘과 고기만에게는 연락을 하지 않았다.

분명 어디선가 상준이 눈을 시퍼렇게 뜨고 복수의 칼날을 갈고 있을 테지만 몇 명이 오더라도 충분히 감당을 할 자신이 있었다.

그가 가장 걱정을 하는 것은 자신이 아끼는 주변 사람들이 다치는 것이었다.

그것만 아니면 된다.

도수는 승합차에서 내려 담배를 피며 유정을 기다렸다. 금방 나간다고 연락이 왔는데 20분이나 지나도록 유정은 나오지 않았다.

그녀를 기다리는 것이 지루하지는 않다.

도수에게 남은 안식처라고는 오직 그녀뿐이니까.

전화를 다시 해 보았다. 유정이 받아서 금방 나가요, 라고 대답했다.

도수는 여자들이 금방 나간다는 말은 화장을 하고 있으니 최소 30분 이상은 걸려요, 라는 의미를 아직 알지 못했다.

유정이 보였다.

그녀는 도수를 발견하고 손을 흔들었다.

펄럭거리는 짧은 치마에 흰색 운동화를 신고 있었다. 하얀색 티에 얇은 파란색 후드 티를 입었다.

엷게 화장을 해서 무척이나 매력적이었다.

"오빠야. 오래 기다렸지. 미안해."

유정은 갑자기 달려들어서 도수 품에 푹 안겨 버렸다.

그 모습이 귀여운 토끼 같아서 도수는 자신도 모르게 빙그레 미소를 짓고 말았다.

"아니야. 온 지 얼마 안 됐어."

도수는 차 문을 열어 주었다.

유정은 와우, 우리 오빠, 매너가 좋아졌네요, 라며 깔깔 웃었다.

둘이 차에 타서 안전벨트를 맸다. 곧 이어 차를 출발했다.

"오빠 집이 일산이라고 했죠?"

"응."

"아, 기대된다. 오빠네 집에 처음 가 보네요."

"사는 집이 다 똑같지. 별 거 없어."

"그래도 우리 오빠가 어떻게 살고 있는지 궁금했단 말야."

"별게 다."

"오빠, 가다가 마트 들려요."

"뭐 사게?"

"음, 제가 솜씨 발휘 좀 하죠. 식사 해 드릴게요."

식사라.

제대로 집 밥을 먹어 본 적이 언제인지 기억도 나지 않는다.

하긴, 거의 회사나 밖에서 끼니를 해결하니 집에서 밥을 해 먹을 시간도 없었으니까.

주방 도구는 있지만 가스레인지를 사용하는 법을 빼고는 거의 모른다고 해도 무방했다.

도수는 일산에 있는 마트를 들렸다.

하지만 그곳은 회원제로 운영을 하는 곳이었다. 1년에 소액을 내야만 출입이 가능했다.

도수는 차를 돌려야 했다.

아직 세상에 대해서 자신이 꽤나 모른다고 생각했다.

유정은 그의 어깨를 툭툭 치면서 남자들은 그런 것 잘 모른다고 위로까지 하였다.

다른 마트로 갔다.

마트는 무척이나 넓어서 동네 조금만 마트와는 비교도 되지 않았다.

TV에서 보는 것보다 수십 배는 넓은 듯했다.

그는 카트를 뽑았다. 카트가 뽑히지 않아 힘을 주자 카트의 연결 부분에서 뿌드득 소리가 났다.

그것을 본 유정이 깜짝 놀라 다가왔다.

그녀는 주머니에서 100원 짜리를 꺼내 동전 구멍에 넣고 카트를 뽑았다.

그녀의 모습을 보고 있자니 어쩐지 멋쩍었다.

"우리 회장님, 세상일을 어째 이리 모르실까."

유정은 혀를 날름거리며 도수를 놀렸다.

"그거 하는 데 백 원이나 넣어야 하는 건가?"

대기업에서 너무 과하다는 생각이 들었다.

어떻게 보면 100원이란 아주 작은 돈일지 모르지만, 하루에 수천 명이나 이용을 하는 마트이다 보니 몇 날이 흘러서 모이게 되면 그것도 꽤나 큰 액수가 될 것이다.

"그게 아니거든요. 요렇게 백 원을 넣으면 쓸 수가 있는 거예요. 다시 제자리에 가져다 놓으면 백 원을 다시 회수할 수가 있는 거죠."

도수는 고개를 끄덕였다.

사회생활에 대한 경험이 없다는 것이 이럴 때 드러났다.

그에게는 10년이란 인생 공백이 있었다.

살아온 인생의 1/3에 해당할 만큼 피눈물이 나는 세월들.

인생의 공백을 메꾸기 위해서는 지금보다 삶을 더욱 치열하게 살 필요가 있었다.

유정은 식료품 매장으로 내려갔다.

도수는 그녀의 뒤를 쫓아서 카트를 끌었다.

각 코너마다 시식을 하는 곳이 있어서 음식들을 맛볼 수가 있었다.

유정은 이쑤시개로 작게 자른 음식들을 찔러서 도수의 입에 넣어 주었다.

나쁘지 않은 기분이었다.

그녀는 한 시간에 걸쳐서 장을 봤다.

냉동 닭과 파, 마늘, 각종 양념들을 카트에 담았다.

도저히 둘이 먹을 수 없는 양으로 보였다.

마지막으로 소주 여섯 병과 맥주 페트 두 개를 사서 넣었다.

왜 저것을 사지 않는가 했다. 술을 사지 않았다면 오히려 이상했을 것이다.

"술을 너무 많은 거 아니야?"

"에이, 왠지 긴장되잖아요. 술이라도 있어야 술김에 일을 저지르지."

이건 또 무슨 의도로 하는 말일까.

어쩐지 그녀의 말이 불길하게 다가왔다.

자신이 모르는 뭔가를 노리고 있는 눈치였다.

오늘은 술을 자제해야겠다, 라고 생각하는 도수였다.

장바구니를 든 그들은 차에 타고서 도수의 집으로 향했다.

고층 아파트들이 즐비한 곳을 지나자 조금은 한가한 마을이 나왔다.

한가하다고 해서 주변에 논밭이 가득한 마을이 아니었다.

전원 주택 촌처럼 무척이나 정결한 느낌이 드는 마을이었다.

그중에 가장 허름한 집으로 도수는 차를 몰았다. 다른 곳에 비해서 확실히 집이 노후가 되었다.

도수는 집 앞에 차를 세우고는 차에서 내려 대문을 열고 안으로 들어갔다.

정원은 무척이나 깔끔했다. 푸른 잔디가 마당을 더욱 멋들어지게 만들어져 있었다..

꽃들은 활짝 폈고 담이 있는 곳에서 자라는 나무들의 잎사귀는 무척이나 푸르렀다.

도수가 신경을 써서 정원을 가꿨기 때문이었다. 그뿐만 아니라 기동도 종종 들러서 같이 정원을 가꾼다.

근래에는 리영춘과 고기만도 정원에 와서 정원을 손질했다.

덕분에 도수는 크게 힘을 들이지 않고도 정원을 깔끔하게 유지할 수가 있었다.

"와, 정원이 무척이나 아름다워요."

유정은 감탄사를 연발했다.

그녀는 이곳저곳을 살펴보며 무척이나 부러워하는 눈초리를 보였다.

"괜찮아 보여?"

"네, 저는 이상하게 아파트는 싫더라고요. 너무 갑갑한 느낌이랄까."

"지금 사는 집도 단독 주택 아닌가?"

"맞아요, 그런데 마당이 좀 좁아요. 여기 반도 안 될걸요. 정말 보는 것과 다르게 너무 예쁘게 꾸며 놓은 거 같아요."

도대체 어떻게 봤기에 저런 소리를 할까.

날씨가 따뜻해서인지 그들은 정원에서 조금 더 시간을 보냈다.

유정은 도수가 앉지 못하는 작은 그네에 앉아서 양팔을 벌리고 햇빛을 받았다.

가만히 있으면 졸림이 밀려올 것만 같은 따뜻함이었다.

"정말 평화롭다. 인생이 항상 이렇게 평화로웠으면 좋겠다."

평화롭다라.

아주 가끔 도수도 유정과 함께 이런 평온함을 같이 느끼고 싶었다.

언제까지라도.

하지만 어머니의 죽음과 동생의 실종을 알고서도 자신만 행복을 찾는 것이 과연 타당할까.

혹자는 그만큼 마음의 고생을 했으면 털어 버리라고 말을 할지도 모른다.

죽은 사람은 죽은 사람이고, 산 사람은 어떡하든 살아야 하지 않겠냐고.

도수는 고개를 흔들었다.

비를 맞으면서 피눈물을 흘리고 죽어 갔을 어머니.

어둠 속에서 형을 부르고 있는 도영이를 생각하면 자다가도 벌떡벌떡 일어난다.

동생은 몇 번이나 꿈속으로 찾아와…… 그를 찾는다.

―형, 여긴 너무 어두워. 도대체 여긴 어디야. 제발 이곳에서 나를 꺼내 줘. 엄마를 보고 싶어. 형! 형! 형!!

어둠 속에서 도영이의 목소리가 들렸다. 도수는 동생의 이름을 부르면서 찾는다.

끊임없이. 미친 듯이.

그래도 도영을 찾을 수가 없었다.

목이 터져라 이름을 부르기도, 팔이 뽑힐 듯이 손을 뻗어 봐도, 동생과 어머니에게는 그 무엇도 닿지 않았다.

꿈에서 깨어나면 도수는 온몸에서 식은땀이 흘러내린다.

침대 시트가 다 젖은 정도로 많은 땀.

도수는 정신을 차리기 위해서 창문을 연다.

차가운 바람이 도수의 몸을 휘감는다. 동생을 찾지 못하면 자신이 살 수 없을 것만 같았다.

그렇기에…….

그렇기에 도수에게 행복이란 다른 사람 이야기였다.

그는 행복을 받아들일 준비가 되어 있지 않았다.

"오빠, 이제 집 구경 시켜 줘요."

유정이 그네에서 벌떡 일어나 도수의 팔짱을 끼자 그제야 도수는 잠깐의 상념에서 깨어났다.

그는 고개를 끄덕이고는 집안으로 들어갔다.

건축한 지 족히 20년은 넘은 집.

그렇기에 날씨가 따뜻하다고 하더라도 거실은 마룻바닥이라 냉기가 흘렀다.

다행히도 마룻바닥 위에는 다섯 켤레의 슬리퍼가 놓여 있었다.

그들은 슬리퍼를 신고 거실로 올라섰다.

"와, 정원보다 더 깔끔하네. 오빠, 집 구경해도 되죠?"

"그렇게 해."

어차피 집까지 초대를 했다. 자신이 사는 것을 모두 보여 주기 위함이었다.

굳이 감출 필요도 없다.

유정은 신이 나서 이곳저곳을 살폈다.

각 방을 살피고 화장실을 열어 보기도 했다.

집은 구식이지만, 욕실과 부엌은 현대식으로 꾸며 놓아서 살기에는 불편함이 전혀 없었다.

"근데 오빠."

"응."

"여긴 누구 방이에요?"

유정이 안방을 보며 물었다.

"원래 여기 집 주인이 쓰던 곳. 우리 회사 전 주인이기도 하고."

"근데 왜 침구류가 여기에 그대로 있어요?"

"그분들이 날 여기서 살라고 했거든. 짐은 모두 가져갔지만 그래도 침구류는 놔두는 것이 예의 같아서. 나중에 이곳에 왔을 때 지낼 곳이 없으면 불편하지 않겠어?"

"응. 그렇구나…… 역시 우리 오빠는 겉보기보다 무척이나 자상하다니까."

그 겉보기가 도대체 어떻다는 건지.

집을 모두 구경한 유정은 부엌으로 가서 팔을 걷어붙이고 음식 준비를 했다.

기분이 좋은지 콧노래까지 한다. 도수가 자신도 도와주겠다면서 부엌으로 갔지만 유정은 괜찮으니 나가 있으라며 축객령을 내린다.

할 일이 없어진 도수는 거실 소파에 누워서 TV를 켰다. TV에는 뉴스밖에 나오지 않았다. 유선 방송을 보기 위해서 이리저리 채널을 돌렸다.

마땅히 재미있다는 느낌이 들지 않았다. 그의 신경은 유정에게로 향해 있었다.

앞치마를 두르고 요리에 열중하고 있는 유정의 뒷모습이 보인다.

이러고 있으니 결혼이라도 한 것처럼 느껴졌다.

가슴에서 훈훈한 기운이 밀려왔다.

언제나 아슬아슬한 줄타기를 하고 있는 기분.

그의 머리와 가슴에는 복수라는 단어가 가득 차 있지만 유정과 만나면 그 증오가 급격하게 무너졌다.

그녀와 헤어지고 싶은 생각은 없었다.

그저 도수에게는 마지막 안식처.

그녀와 함께하는 시간이 오래도록 이어졌으면 하는 마음이었다.

한 시간 정도가 지나자 음식이 완성되었다.

유정은 작은 밥상 위에 닭볶음탕과 미역국을 얹어서 가지고 와 거실 탁자 위에 올려놓았다.

연기가 모락모락 나는 흰 쌀밥도 있었다.

하나는 보통 사기그릇에 반 공기가 담긴 쌀밥이었고, 다른 하나는 족히 다섯 명은 먹을 수 있는 스테인리스 그릇에 담긴 쌀밥이었다.

"이건 뭐지? 소라도 먹으려고 하는 건가?"

하도 기가 차서 도수가 물었다.

"오빠의 양은 제가 충분히 알고 있는데요, 뭘. 호호, 괜히 창피해하신다. 그냥 드세요. 창피해하지 말고."

그래, 그렇다고 치자. 그렇다고 치더라도 양이 너무 많았다.

한숨을 내쉰 도수는 수저를 들었다.

미역국이라……

그날 이후 처음 먹어 보는 미역국. 이후 그 어디에서도 도수는 미역국을 먹지 못했다.

어디에서든 차마 넘길 수 없던 음식.

그는 조심스럽게 미역국을 수저에 담아서 입안으로 가져갔다.

맛이 괜찮다.

"이것도 드세요. 처음으로 해 보는 건데. 맛은 보장 못해요."

유정이 닭볶음탕의 뚜껑을 열었다. 뚜껑을 열자 꽤나 매운 냄새가 식욕을 자극했다.

젓가락을 들고 한 입을 물었다.

뭔가 이상했다.

닭고기를 목으로 넘겼다.

역시 이상했다.

혀가 맛이 간 것이 아니라면 유정이 한 이 음식은 무척이나 맛이 없었다.

"어때요?"

유정이 해맑게 웃으며 물었다.

뭐라고 대답을 해야 하나 말문이 막힌다.

교도소에서 먹던 것보다 더 맛이 없군, 이라고는 말을 할 수가 없었다.

"먹을 만해."

그게 최선의 대답이었다.

"후후, 다행이네요. 제가 요리 솜씨가 없어서. 고민 좀 했는데."

"잘하는 요리가 뭔데?"

"잘하는 요리라고 할 것도 없어요. 그냥 라면이나 끓이는 수준이지. 그것도 아주 가끔 해 먹는데요. 제 동생한테 해 주면 '야 이, 마녀야. 나를 독살하려고 하지?' 이런 싸가지 없는 소리나 한다니까요."

유정은 무척이나 밝게 웃으며 말했다.

도수는 고개를 끄덕였다.

독살까지는 아니지만 충분히 일리가 있는 말이다.

어쩌면 여성들이 좋아하는 다이어트에 무척이나 잘 맞는 요리인지도 모르겠다.

"너는 왜 안 먹어?"

유정은 밥을 깨작깨작 먹으면서 닭볶음탕에는 손도 되지 않기에 도수가 물었다.

"저는 닭 별로 안 좋아해요."

"그렇군."

조금은 억울한 기분이다.

그녀도 자신의 음식 솜씨가 어느 정도인지 알아야 하는데…….

그것만 빼고는 식사의 분위기는 좋았다. 식사를 마치고 싱크대 위에 설거지 거리를 올려놨다.

도수가 하겠다고 하자 이미지와 맞지 않는다면서 거실에 가 있으라고 하였다.

할 수 없이 도수는 자리에 돌아와서 앉았다.

유정은 설거지를 하고 부엌을 정리한 후 약간의 안주와 냉장고에 넣어 두었던 소주, 맥주를 가지고 와서 도수의 옆 자리에 앉았다.

그녀의 눈빛으로 보아 본격적으로 술타령을 시작할 모양이었다.

"하아."

도수는 길게 한숨을 내쉬었다.

뭔가 고된 하루의 역사가 시작될 것만 같았다.

둘은 주거니 받거니 하며 술잔을 기울였다.

어쩐지 술을 마시면 안 될 것 같아 도수는 맥주 한 잔만 받고서는 마시지 않았다. 대부분의 술은 유정이 마셨다.

둘의 얘기는 별게 없었다.

대부분이 유정이 얘기하면 도수가 들어 주는 형태였다.

본래 말이 많지 않은 도수기에 그 편이 훨씬 편했다.

"오빠."

어느 정도 술기운이 오르자 유정은 의미를 알 수 없는 눈빛을 도수에게 보냈다.

어쩐지 느낌이 서늘하다.

"왜?"

"오빠, 여자 친구 없었다고 그랬죠."

"맞아."

"후후, 그럼 키스도 안 해 봤어요?"

참으로 난감한 질문.

여자 친구가 없다고 키스를 못해 본 남자가 얼마나 될까.
그렇다고 곧이곧대로 말을 할 수는 없었다.

"음, 기억 안 나네."

도수는 얼버무렸다.

"에이, 왜 그러실까."

유정은 도수의 옆에 찰싹 달라붙었다.

그녀의 손바닥이 도수의 허벅지에 올라왔다. 의도적으로
한 것 같지는 않지만, 도수는 심히 불편했다.

그녀의 손을 내칠 수도 없었고, 엉덩이를 뒤로 뺄 수도
없었다.

가만히 있자니 어색하다.

"오빠아아."

왜 갑자기 콧소리를 낼까.

그녀의 눈빛과 음성을 듣고 있자니 가슴이 뛰기 시작했
다.

당장이라도 벌떡 일어나 물을 벌컥벌컥 마시고 싶었다.

유정은 그것을 아는지 모르는지 도수의 옆구리로 파고들
었다. 그녀의 향긋한 샴푸 냄새가 정신을 아찔하게 한다.

위이이이잉—

마침 유정에게 전화가 왔다.

도수는 땅이 커져라 크게 한숨을 내쉬었다. 집에서 온 전
화니 받지 않을 수가 없었다.

"응, 누나다. 왜?"

유정은 그다지 반갑지 않다는 투로 전화를 받았다. 말투로 보아 그녀의 동생인 유민 같았다.

"뭐?!"

갑자기 유정이 자리에서 벌떡 일어났다.

급하게 일어섰던 그녀는 유민에게서 몇 마디를 듣더니 곧바로 주저앉았다.

얼굴이 창백해지고 손발이 덜덜 떨린다.

아무래도 뭔가 일이 터진 것 같았다.

"무슨 일이야?"

도수가 조심스럽게 물었다.

"오, 오빠. 엄마가 쓰러지셨대. 아까 나 나올 때까지만 하더라도 괜찮았는데."

그녀의 어머니는 암.

그것도 상당히 진행이 되어서 병을 멈출 수는 없었다.

유정이 불안해하는 것이 충분히 이해가 된다.

"괜찮을 거야. 어디 병원이야. 데려다 줄게."

유정은 잠자코 고개를 끄덕였다.

예전 어머니와 함께 아버지의 비보를 들었을 때 도수는 말도 제대로 할 수가 없었다.

머리가 멍해지고 설마 아닐 거야, 라는 말만 반복했었으니까.

부모님의 죽음이 자식들에게는 얼마만큼이나 크게 다가오

는지 도수는 충분히 알고 있었다.

도수는 조심스럽게 그녀의 팔을 잡고서 일으켰지만 유정은 자리에서 일어나다가 몇 번이나 주저앉아, 작은 새처럼 그녀는 몹시도 떨었다.

"괜찮을 거야."

그 말밖에 해 줄 수가 없었다.

신촌에 있는 병원으로 가는 길까지 유정은 아무런 말을 하지 못했다.

계속해서 핸드폰을 쳐다볼 뿐이었다.

유민에게서 전화가 올까 두려워하는 모습이었다.

다행히 병원에 도착할 때까지는 누구에게도 전화가 오지 않았다.

주차를 하자마자 유정이 차에서 뛰어내렸다.

도수는 말없이 그녀의 뒤를 쫓았다.

그녀의 어머니는 6층 1인실에 입원해 있었다. 입원실 앞에는 유민이 서 있었다.

안색이 좋지 않아 보였는데, 그가 도수를 보고서는 오셨어요, 라고 인사를 했다.

도수도 고개를 끄덕여서 대답했다.

유정은 입원실 문을 열고 안으로 들어갔다.

그녀의 어머니가 문틈 사이로 언뜻 보였다.

팔에 링거를 맞고 있지만 의식은 깨어 있었다. 얼굴 혈색도 좋았다.

유정은 그런 어머니를 보며 엄마, 놀랐잖아, 라며 크게 말했다.

자신의 불안을 감추기 위해서 더욱 큰소리로 말했는지 모른다.

그녀의 어머니는 얘가 괜히 호들갑이야, 라고 대꾸했다.

입원실 문이 닫혔다. 더 이상 유정과 그녀의 어머니가 보이지 않았다.

차마 유정을 쫓아서 안으로 들어갈 수는 없었다.

유민은 아무 말 없이 병원 의자에 앉아 있었다. 누나의 모습을 확인하니 조금은 긴장이 풀린 거 같았다.

도수가 그의 옆에 앉았다.

문틈 사이로 보인 어머니의 안색은 나쁘지 않았지만 유민의 표정이 무척이나 신경 쓰였다.

도수는 조심스럽게 유민에게 물었다.

"안 좋으셔?"

"네."

유민은 짧게 대답을 하고는 고개를 끄덕였다. 잠시 뜸을 들인 그가 힘없이 말을 이었다.

"……복수가 가득 찼대요. 더 이상 손을 쓸 수가 없다고 합니다."

도수는 더 이상 묻지 않는다.

여기서 위로의 말은 더욱 유민을 힘들게 할 뿐일 터.

어떤 말도 아픈 가족들에게는 위로라고 할 수가 없었다.

차라리 지켜보는 게 나을 때도 있으니까.

잠시 후 유정이 입원실 밖으로 나왔다.

무척이나 놀랐던 그녀의 표정이 한결 나아져 있었다.

아직 어머니의 상태에 대해서 모른다.

"이봐, 동생. 왜 여기 나와 있어?"

유정이 유민에게 물었다.

"누나……."

유민은 유정에게 고개를 들지 못했다. 목소리도 쥐어짜는 듯했다.

뭔가 터져 나오려고 하지만 억지로 참는다는 것을 알 수 있었다.

"얘가 왜 이래? 불안하게. 왜 그래?"

"저기 가서 나랑 얘기 좀 해."

항상 당당했던 유민의 모습은 지금 보이지 않았다.

그는 힘없이 누나의 팔을 잡고 병원 휴게실 쪽으로 끌고 갔다.

도수는 쫓아가지 않았다.

힘들겠지만 둘이 얘기해야 할 문제였다.

아무리 유정과 사랑하는 사이라고 하지만 그는 제삼자였다.

그가 끼어들 문제가 아니었다.

도수는 1층으로 내려가 자판기 커피 한 잔을 마셨다.

자신이 있는지 없는지도 정신이 없어서 알아차리지 못할

것이다.

그가 아직 이곳에 남아 있는 이유는 유정의 힘든 마음에 조금이라도 도움이 되지 않을까 싶어서였다.

커피를 모두 마신 도수는 다시 입원실 앞으로 올라갔다.

유정이 서 있었다.

그 잠깐 사이에 얼마나 울었는지 눈이 퉁퉁 부어 있었다.

"오빠……."

유정이 작은 목소리로 도수를 불렀다.

"응."

도수는 대답했다.

"유민이한테 얘기 들었어요?"

"그래."

"그럼 나랑 같이 병실에 들어가도 되요?"

"나도?"

"응. 우리 엄마 소원이 내가 남자 친구 좀 데리고 오는 거였거든요. 내 성격으로 시집 못 간다고 항상 성화셨어요."

그녀는 지금 어머니를 기쁘게 하기 위해서는 아무나 잡고 부탁하고 싶은 심정일 것이다.

도수는 고개를 끄덕였다.

그녀의 모습과 자신의 모습이 겹쳐 보인다.

손자도 보지 못하고 비명에 가신 어머니가 너무도 보고 싶었다.

어머니.

불러도 다시 보지 못 볼 서글픈 단어.

유정은 찬물을 적신 수건으로 눈 부위를 비볐다. 너무 많이 울어서 퉁퉁 부어 버린 눈의 붓기를 가라앉히기 위함이었다.

조금 시간이 지나자 한결 붓기가 가라앉았다. 그녀는 손거울을 보며 화장을 고쳤다.

울었다는 표시는 사라졌다.

"저희 아버지도 계세요."

도수는 고개를 끄덕였다.

그럴 것이라 생각했다. 어머니의 임종을 모두 지켜봐야 하니까.

유정은 입원실 문을 열었다.

링거를 꼽고 있는 혈색이 좋은 어머니가 보였다.

혈색은 좋지만 무척이나 말랐으나, 너무도 말라서 금방이라도 어떻게 될 것만 같았다.

어머니의 옆에서는 아버지가 책을 읽고 있었다. 반쯤 세어 버린 머리카락이지만 무척이나 깔끔했다.

수염도 모두 깎았다. 옷도 구겨지거나 이물질이 묻지 않았다.

자신의 짝이 이제 곧 갈 것을 알기에 어떡하든 좋게 보내려는 마음 같았다.

눈동자는 깊은 슬픔은 간직했다. 반면에 젊은 사내들 못지않게 무척이나 형형했다.

차관급 고위 공무원이었다고 하더니 헛말이 아닌 듯했다.

"누구?"

책에서 눈을 뗀 유정의 아버지가 물었다. 도수의 거구를 보고도 전혀 놀라지 않는다.

유민도 그렇고 유정도 그렇고 이 집안의 배포는 아버지에게서 비롯된 듯싶었다.

"제 남자 친구예요."

유정이 밝게 웃으며 대답했다.

"정말?"

그녀의 어머니가 깜짝 놀란 표정을 지었다. 그녀는 위아래로 도수를 훑어보았다.

"어머, 그래? 별일이네. 구정 때까지만 해도 남자 친구 없다고 하더니. 어서 와요. 제가 꼴이 이래서 일어서지는 못하겠네요. 미안해요."

"아닙니다, 어머님."

도수는 그녀에게 다가가 정중하게 허리를 굽혔다. 그러고 고개를 돌려 아버지에게도 인사를 했다.

"이규태요."

유정의 아버지가 손을 내밀었다. 도수는 그의 손을 가볍게 작고 허리를 숙였다.

"마도수라고 합니다."

유정의 아버지는 고개를 끄덕이고는 도수의 어깨를 손으로 툭 쳤다.

딸이 데리고 온 남자. 그러니 믿는다, 라는 의미가 담겨 있었다.

"나랑은 나중에 얘기함세. 여보, 얘기들 해."

유정과 아내에 대한 배려였다.

그는 빙긋 웃고는 입원실 문을 열고 밖으로 나갔다. 도수는 물끄러미 그의 등을 바라봤다.

넓지만 힘든 무게를 짊어지고 있는 아버지의 등이었다.

자신이 어렸을 적에는 전혀 느껴 보지 못한 아버지의 등.

아버지가 사업에 실패하여 그토록 힘이 들었을 때도 용돈이 적어졌다면서 불평불만을 내뱉었다.

아버지는 얼마나 가슴이 찢어졌을까.

너무 늦게 철이 들었다. 아버지의 심정을 그때까지 전혀 알지 못했으니.

가슴을 바늘로 콕콕 찌르는 것처럼 아려 왔다.

"도수라고 했죠? 이리 와서 앉아요."

유정의 어머니가 부드럽게 말했다.

도수는 의자를 가지고 와서 옆에 앉았다. 그의 옆에 유정이 자리 잡았다.

"몇 살이에요?"

"올해로 35살입니다."

"우리 애가 28살이 되었으니까 7살 차이네요."

"그렇습니다."

"참으로 듬직하게 생겼네요. 우리 작은 애도 키가 큰데,

도수 씨는 더 큰 것 같아요. 얼마나 되요?"

"192㎝입니다."

"어머나, 정말 크네요. 지금까지 그렇게 큰 사람은 별로 본 적이 없는 것 같아요."

유정의 어머니는 매우 놀랐다는 듯이 손을 들어 입을 가리고 웃었다.

작은 움직임이지만 무척이나 세심하고 우아한 모습이었다.

그녀가 지금까지 어떻게 살아왔는지 작은 움직임만으로도 알 수 있을 것 같았다.

"명절 때만 해도 남자 친구 안 사귄다고 했던 것 같은데…… 사귄 지는 얼마나 됐죠?"

"글쎄요, 사귀었다고 말을 해야 하나, 자연스럽게 연인이 된 것 같습니다."

"명절 때 도수 씨와 만나고 있었다고 이해해도 되나요?"

"예, 일단은 당시에 만나고 있었습니다."

"하는 일은 뭐죠? 아, 혹시 제가 이것저것 묻는 것이 실례가 되는 것은 아니죠? 음, 제 친구들의 딸아이가 집에 남자 친구를 데리고 왔을 때 다들 그렇게 묻는다고 하더군요. 저도 왠지 한번 해 보고 싶었어요."

참으로 솔직한 귀부인이었다.

그렇기에 전혀 기분이 나쁘다는 느낌이 들지 않았다.

"작은 회사를 운영하고 있습니다."

"작은 회사라…… 뭘 해도 잘할 것 같네요."

"현율 실업이라고, H—시큐리티하고 H—리츠라는 자회사가 두 개나 돼."

유정이 끼어들면서 도수의 자랑을 했다.

민망해진 도수가 유정의 손등을 가볍게 툭 치면서 그러지 말라고 눈치를 주었다.

둘의 모습을 보면서 어머니는 빙그레 미소를 지었다.

그녀는 똑똑하다.

똑똑한 것뿐만 아니라 현명하다.

현명하기에 지금까지 남편을 그 자리에 오를 수가 있도록 보필을 했고, 자식들을 누구 하나 남부럽지 않게 키울 수 있었다.

그녀가 보는 도수의 모습은 범상치가 않았다.

여자여서 그런지 몰라도 도수의 엄청난 덩치에서 오는 위압감을 대수롭지 않게 넘길 수가 있었다.

그는 작은 회사를 운영하고 있다고 말했다. 보통의 사내라면 그녀에게 조금이라도 잘 보이기 위해서 회사의 규모를 훨씬 부풀려서 말을 했을지도 모른다.

하지만 도수는 그러지 않았다.

비록 그녀가 세상 물정에 밝지는 않지만 그렇다고 하나도 모르지도 않았다.

자회사가 두 개나 딸린 회사가 결코 작다고는 볼 수가 없었다.

유정도 그것을 알고 있기에 자랑스럽게 말을 한 것이다.

자신을 내보이지 않는다면 두 가지로 판단을 할 수가 있었다.

속을 알 수 없는 음흉한 자거나 속이 깊어서 자신을 숙일 줄 아는 사람이다.

그녀가 보기에 도수는 후자에 속했다.

"제가 힘이 들어서 우리 딸아이를 보살피지 못할 것 같아요. 우리 유정이 잘 부탁해요."

유정의 어머니는 도수의 손을 잡았다.

무척이나 가늘었지만 손바닥에서는 따뜻한 온기가 느껴졌다.

도수는 그녀의 손에 자신의 손을 덮었다.

"걱정하지 마십시오. 따님은 제가 지키겠습니다."

"고마워요."

"쳇, 내가 물건인가. 지키고 말게."

듣고 있던 유정이 뾰로통한 표정을 지었다.

그런 딸아이가 무척이나 귀여운 모양이었다. 어머니는 손을 들어 유정의 뺨을 훑었다.

아무리 강단이 세다고 하더라도 어머니 앞에서는 유정도 응석받이 자식일 뿐.

유정의 어머니는 도수에게 더 이상 묻지를 않았다.

대학교를 어디 나왔는지, 부모님은 무엇을 하시는지, 형제는 몇인지 아무것도 묻지 않았다.

어쩌면 도수에게 부담을 지우고 싶지 않았기 때문인지도 모른다.

대화는 무척이나 즐거웠다.

유정이 얘기하고 단발적으로 도수가 대답했다.

그녀의 어머니는 자비가 가득한 얼굴로 그들의 대화를 듣고 있었다.

모든 것을 만족한 표정이었다.

병원을 나올 때 유정의 어머니는 다시 한 번 당부를 했다.

우리 딸아이를 잘 돌봐 달라고. 도수는 재차 그러겠노라고 대답했다.

그러니 어서 쾌차하시라는 말도 빼놓지 않았다.

하지만 도수는 다시 유정의 어머니를 뵐 수가 없었다.

그날 새벽 3시 반.

유정의 어머니는 세상을 떠나고 말았다.

4.
새로운 사업

CITY OF
WILD BEAST

장례식장은 무척이나 컸다.

성태의 장례식장도 컸지만, 이곳은 그곳보다 1.5배는 큰 듯했다.

상주는 유정의 아버지.

삼일장을 치루는 동안 사람들은 무척이나 많이 왔다.

화원은 100개 이상이 쌓여 더 이상 받을 수 없을 지경이었다.

유정의 아버지의 전 부하 직원들이 열 명 이상 파견이 돼서 장례식을 도왔다.

덕분에 붐볐던 장례식을 무사히 마칠 수가 있었다.

도수도 삼 일을 장례식장에서 보냈다. 사실 그가 하는 일은 없었다.

할 수 있는 일도 없었고.

그래도 그곳에 있는 것이 예의였다.

도수가 어색하게 이곳저곳에서 서성이자 유정이 그를 데리고 조의금을 받게 했다.

그나마 어색함을 덜 수가 있었다.

현율 기업에서도 화원을 보냈다. 도수는 회사원들을 이곳에 오지 말라고 했다.

그러자 대표로 기현과 기동이 장례식장을 찾았다.

그들은 왜 도수가 회사 직원들 보러 이곳에 오지 말라고 했는지 알 수가 있었다.

대부분이 공무원.

그리고 그중에 반이 경찰이었다.

경찰 정복을 입고 장례식장을 찾을 사람들도 꽤나 많았다.

직급이 낮은 것도 아니었다.

유정의 아버지도 한몫을 했을 테지만, 유능한 유민을 봐서 이곳을 찾은 경찰들도 상당수였다.

"오메, 오메. 이거 오줌 싸겠네요. 철창에 있는 것보다 훨씬 무섭구만요."

기동이 몸서리를 치며 말했다.

"그렇군. 우리가 절대로 봐서는 안 되는 인물들이 이곳에는 우글우글하는군."

기현도 질린 모양이었다.

유정이 그들을 보고는 와 줘서 고맙다고 말했다.

기현과 기동은 그녀에게 아닙니다, 당연히 와야죠, 라고 대답했다.

하지만 기현과 기동의 속마음은 어서 이곳에서 자리를 뜨고 싶은 심정이었다.

만에 하나라도 그들의 얼굴을 알아보는 경찰이라도 이곳에 있다면 큰 낭패가 아닐 수 없으니까.

그들만 눈초리를 받는 것이 아니라, 도수도 그들의 눈에 띌 수가 있었다.

도수를 경찰에게 노출시키고 싶지 않다, 라는 것이 그들의 솔직한 심정이었다.

"회장님, 저희들은 이만 가 보겠습니다. 아무래도 저희가 있을 자리가 아니군요."

기현은 사방에 눈치를 봤다.

그리고 자신들을 보는 눈이 없다고 느끼자 조심스럽게 다가와 도수에게 말을 전했다.

아예 자신들과 도수의 관계 파악을 하지 못하게 원천 봉쇄를 시켜야 한다.

물론 언젠가는 드러나겠지만 지금은 아니었다.

도수는 고개를 끄덕였다.

"조심해서 들어가도록 해. 나가 보지는 않겠다."

"알겠습니다. 회장님도 몸조심하십시오."

기현과 기동은 서둘러 자리를 떠났다.

장례식장 밖에서 리영춘과 고기만이 대기를 하고 있었지만 그들도 모두 철수를 시켰다.

만약에 있을 꼬투리를 잡히고 싶지는 않은 기현이었다.

도수는 힐끗힐끗 유정과 유민을 보았다.

그들은 울지 않았다.

눈시울이 붉어진 적은 몇 번이나 있었지만, 끝까지 울음을 터트리지는 않았다.

그런 유정과 유민이 대견했다.

그녀의 어머니에게 유정을 잘 지키겠노라고 몇 번이나 마음으로 전달했다.

삼일장 마지막 날.

아주 낯이 익은 두 명의 사내가 다가와 도수에게 조의금을 건네주었다.

한 명은 머리가 거의 벗겨진 중년의 사내였다.

얼굴에서는 기름이 줄줄 흐르고 살이 피둥피둥 쪄서 돼지를 연상시켰다.

아무리 모습이 바뀌었어도 도수는 그를 잊지 못한다. 저 돼지는 도수를 잊었을지 몰라도.

강찬수.

놈의 조의금 봉투에는 마포 경찰서장 강찬수라고 적혀 있었다.

그런가.

10년의 세월은 놈을 형사과장에서 경찰서장까지 진급을 시킨 것인가.

다른 사내는 눈매가 무척이나 사나웠다.

조직폭력배들처럼 살기가 어린 눈빛이 아니었다. 먹이를 찾는 승냥이와 같은 눈빛이다.

그는 말끔한 정장에 검은 넥타이를 착용했다.

얼굴에 주름이 많이 생겼지만, 10년 전과 그렇게 많이 바뀌었다고는 볼 수가 없었다.

배도일.

자신에게 총을 쐈던 그 개자식.

그의 조의금 봉투에는 서초 경찰서장 배도일이라고 적혀 있었다.

도수는 그들에게 정중하게 인사를 했다.

고개를 숙이자 웃음이 터져 나오려고 한다. 우스워서 웃음이 나오는 것이 아니었다.

놈들을 보자 가슴속에서 살심이 터지려는 것을 억지로 막는 웃음이었다.

이래서 세상은 좁다고 말을 하나 보다.

설마 유정의 어머니 장례식장에서 저들을 만날 줄이야.

도수라고 하더라도 상상하지 못했다.

그들은 조의금을 통에 넣고는 구두를 벗고 장례식장 안으로 들어갔다.

강찬수와 배도일은 도수를 알아보지 못했다.

그들 역시 도수가 이곳에서 조의금을 받고 있을지는 상상도 하지 못할 것이다.

아니, 그를 기억조차 하지 못할지도.

도수는 그들의 뒷모습을 바라보았다.

꽈직!

그가 잡고 있던 검은색 볼펜이 반으로 두 동강이 났다.

자신도 모르게 너무 힘을 줬던 모양이다.

다행히 그가 볼펜을 부러트린 것을 본 사람은 없었다. 예비로 있는 볼펜도 몇 개나 있었다.

"이것 참. 원수는 외나무다리에서 만난다는 말이 틀리지 않는군."

도수는 서늘한 미소를 지었다.

그들은 식사를 하고 소주 한 병을 나눠 먹은 후 자리를 떴다.

자리를 뜰 때까지 그들은 도수를 알아보지 못했다.

유정의 어머니는 산소에 묻히지 않았다. 화장터에서 화장을 했다.

고인의 당부였다.

산 사람은 살아야 한다면서 자신 때문에 귀중한 시간을 낭비하지 말라고 했다고 한다.

끝까지 자신만의 길을 간 분이었다.

화장을 한 후 뼛가루를 모시고 근처 나루터로 갔다. 한강에 버리는 것은 불법이나 몇 군데 합법적으로 강에 뿌릴 수가 있다고 하였다.

유정의 아버지와 유정, 유민이 보트에 올랐다. 그들은 한강 한가운데까지 보트를 몰고 나갔다.

유정의 아버지는 '우리 마누라가 가기에 참으로 좋은 날씨야'라며 처음으로 심정을 내비쳤다.

도수는 강기슭에서 그들의 모습을 보았다.

아주 작게 그들이 뼛가루를 강에 뿌리는 모습이 보였다. 그들의 심정이 어떨지 도수는 이해한다.

슬프고, 아프고, 눈물이 앞을 가리겠지.

하지만 고인의 말대로 산 사람은 살아야 한다. 유정과 가족들이 슬픔을 떨치고 벌떡 일어설 것이라고 믿어 의심치 않았다.

도수는 그곳에서 유정과 헤어졌다. 유정이 다가와 몇 번이나 고생했다고 말했다. 도수는 괜찮으니 어서 가서 쉬라고 대답을 해 주었다.

그들을 태운 버스가 도수의 눈앞에서 사라졌다.

도수는 혼자서 남았다.

조금은 쓸쓸한 느낌이었다.

유정도 자신과 같은 슬픔을 알았다고 하니 입안이 쓰다.

죽음이란 피할 수가 없다. 늦든, 빠르든 반드시 겪어야 할 문제니까.

젊었을 적에 소중한 사람의 죽음을 본다면 충격에서 헤어

나오기가 무척이나 어렵다.

나이가 들수록 죽음에 익숙해지면 망각의 시간도 빨라진다.

유정이 얼마나 많은 죽음을 겪었는지 도수는 알지 못한다. 하지만 그녀의 성격으로 보아 오랜 시간 지나지 않아서 훌훌 털고 일어날 것이다.

그런데…….

도수는 자신을 돌아보았다.

가족에 죽음에 대해서 헤어 나오지 못하는 사람은 자신뿐이었다.

잠을 자면 어머니와 동생의 얼굴이 또렷하게 떠오른다.

가족과 같이 즐겁게 생활하던 때가 몇 번이나 머릿속에 되새겨지면서 도수의 가슴을 무겁게 한다.

꿈에서 일어나면 어머니와 동생의 얼굴이 사라진다.

도수에게 남은 것은 뺨에 남은 눈물 자국뿐.

하지만 가족의 죽음에서 도망칠 생각은 눈곱만큼도 없었다.

혹여 어머니와 동생이 너라도 행복하게 살라면서 지하에서 바라고 있을지도 모른다.

그러나 도수는 그럴 수가 없었다.

가족들의 복수를 하지 않으면 살아도 산 것이 아니니까. 그가 살아가는 목표는 가족의 죽음에 연관이 된 모든 자들을 죽음으로 끌고 들어가는 것이니까.

조형은은 장난스러운 눈빛으로 도수를 바라보았다.

도수와 조형은의 앞에 향긋한 꽃향기가 나는 두 잔의 차
가 놓였다.

"젊은 놈의 낯짝이 왜 이리 암울해. 무슨 일이 있었냐?"

조형은이 물었다.

"무슨 일은요. 그냥 선배님들 뵈려고 온 거죠."

"아무리 봐도 이상한데. 뭔 일이 있었구만. 뭔가 고민이
있어서 온 것 아니야?"

"그냥 왔다니까요."

도수는 고개를 저으며 말했다.

도수는 조형은을 옆집에 사는 이웃처럼 대하지 않았다.

이곳에 오면 유정과 있을 때와는 다른 포근함을 느낀다.

할아버지와 할머니에 대한 기억이 거의 없는 그에게 이곳
은 외갓집과 같은 향수를 주었다.

조형은도 도수를 남처럼 대하지 않았다.

기특하게 잘 자라고 있는 손자를 보고 있는 듯했다.

조형은의 옆자리에 이영옥이 앉았다. 언제나 그렇지만 그
녀는 말없이 도수의 말을 들어 주었다.

가끔씩 하는 한마디가 도수에게는 엄청나게 큰 힘을 주었
다.

물론 조형은과 이영옥이 가진 힘도 엄청나지만 그들을 찾는 본질적인 이유는 이들이 따뜻함이었다.

　"듣기로는 사업도 승승장구하고 있고, 압구정 파는 완전히 무너져서 다시는 얼굴을 들지 못할 테고, 대치동 파 놈들도 법인 회사로 탈바꿈하기 위해서 너희를 건드릴 시간도 없다고 하더만. 아주 쭉쭉 나가네, 그런데 표정이 왜 그래?"

　조형은은 차를 홀짝였다.

　그의 말에는 복에 겨운 놈이군, 이라는 의미가 담겨 있었다.

　그것을 이해하지 못할 도수가 아니었다.

　도수는 그동안에 있었던 일은 그들에게 솔직히 말해 주었다.

　물론 동생에 대해서는 말을 하지 않았다.

　동생의 죽었을지도 모른다는 불길함을 상기시키는 것은 너무 고통스러웠다.

　"그러니까 눈앞에서 원수를 놓쳤고 그놈들의 행방을 모른다, 이거야? 그리고 친한 지인의 어머니가 죽었는데 그것을 보고 있자니 마음이 휑하다. 이거네?"

　"뭐, 그런 셈입니다."

　"후후, 심장이 단단한 철밥통으로 되어 있는 줄 알았는데. 그것은 아니었던 모양이구만. 하긴 어중간한 윗놈이 되려면 그저 강한 무력과 지휘력만 가지고 있으면 되지만, 진짜 윗대가리가 되려면 사람의 마음을 알아야 된다. 상대의 마음을 알아야 그들이 진심으로 네게 승복하는 거야."

"……그렇습니까."

유정의 얘기를 했지만, 여자가 아니라 남자라고 오해한 모양이었다.

그렇다고 굳이 정정을 할 필요까지는 느끼지 못했다. 무슨 말을 하든지 그에게 몸에 좋은 쓴 약이 되니까.

"우리 덩치만 큰 도수가 고민이 있다고 하니까 어쩐지 귀엽지 않나, 임자."

조형은은 웃으면서 이영옥을 보았다.

이영옥은 빙그레 미소를 지었다.

"이 아이는 마음고생이 심해서 왔을 텐데, 귀엽다니요. 그러지 마세요. 다 큰 아이입니다. 가슴에 상처를 입을 수도 있어요."

"얼씨구, 이놈이 마음에 상처를 입어? 이놈은 항우여, 항우. 사방이 피에 젖어 있어도 눈썹 하나 꿈쩍 하지 않을 놈이여. 단지 이놈에게도 따뜻한 마음이 있다는 것이 귀엽다는 거지."

"그런 말씀은 듣기 싫네요. 누구도 따뜻한 마음이 있어요. 특히 이 아이는 어렸을 적에 상처를 입어서 그렇지 누구보다도 따뜻한 마음을 가지고 있죠."

도수는 머리를 긁적거렸다.

자신을 두고 벌이는 언쟁이 기묘하게 느껴졌다.

"아하, 됐어. 어쨌든."

아무리 조형은이 괄괄하다고 하더라도 조곤조곤 말을 하

는 이영옥에게는 당하지 못하는 듯했다.

그는 금방 두 팔을 들어서 항복을 표시하고는 도수에게 고개를 돌렸다.

"숨어 버린 놈이 어디로 갔는지 전혀 모른다, 꼬리도 잡히지 않는다, 이거 맞지?"

"네."

"내가 알아볼까?"

"아닙니다. 저희도 정보력이 있습니다."

"정보력이 있는 회사가 도망간 사채업자 한 놈을 못 잡아? 그러지 말고 내가 알아볼게. 일주일이면 찾아낼 수 있을 거야."

"정말로 괜찮습니다. 놈은 지금 눈을 퍼렇게 뜨고 주변을 살피고 있을 겁니다. 놈이 눈치채게 하고 싶지는 않습니다. 조용히 놈을 찾을 겁니다. 놈이 움직이면 반드시 잡아낼 수 있습니다."

"에이, 그래도."

도수가 도움을 거절했지만 조형은은 뭔가가 아쉬운 모양이었다.

어떡하든 도움을 주고 싶어서 안달이 난 모습이었다.

그런 조형은을 이영옥이 점잖게 나무랐다.

"아이가 할 수 있다고 하잖아요. 때로는 그냥 지켜보는 게 이 아이 성장에 도움이 될 겁니다. 그러니 거기까지만 하세요."

"음······ 알았어, 알았어. 어쨌든 조심해라. 그 사채업자
가 그토록 악랄한 놈이라면 반드시 돌아올 테니까. 항상 몸
조심하고."

"걱정하지 마십시오. 신경 써 주셔서 감사합니다."

그들은 약 30분간 더 담소를 나눴다.

도수가 자리에서 일어나려 하자 두 노인의 표정에서 아쉬
워하는 기색이 역력했다.

도수는 자주 찾아뵙겠노라고 말을 하며 두 노인을 안심시
켰다.

도수가 밖으로 나가자 조형은도 쫓아 나왔다.

차 시간이 늦었으니 자신이 역까지 바래다 주겠다고 말했
다.

도수는 택시 타도 상관없다면서 괜찮다고 했으나 주형은
의 고집은 당할 수가 없었다.

도수는 주형은에 차에 올라탔다.

차 내부는 깔끔했다.

이영옥의 세심한 손길이 곳곳에 눈에 띈다. 직접 짠 등받
이 시트가 운전석과 조수석에 걸쳐져 있었고, 내부에 바닥
도 깨끗했다.

하지만 차가 무척이나 낡았다.

도수가 교도소에 가기 전에 봤던 차가 분명했다.

매년 수십 대가 넘는 신형차가 출시된다.

그런데 이처럼 돈이 많은 조형은과 이영옥이 십 년도 넘

은 차를 몰고 있는 것이 색다르게 느껴졌다.

"엄청 오래된 차네요."

"그럼. 15년도 넘었을걸."

"정말 오래됐네요. 차는 잘 가나요?"

"당연하지. 아직도 쌩쌩해. 나처럼 말이지."

"신형 차로 바꾸고 싶은 생각은 없으세요?"

"전혀 없어. 이 차가 탈만 나지 않으면 내가 죽을 때까지 타고 싶어."

"이 차가 생명이 있다면 선배님 말 듣고 무척이나 기뻐했을 겁니다."

"들었을 거야. 차도 사람도 오래 알수록 진면목이 나오지. 백 명의 친구도, 십 년쯤 지나면 열 명 정도밖에 남지 않고, 물건도 10년이 지나면 열 개 정도밖에 남지 않지. 그들을 보고 우리는 진국이라고 부르지. 쓰면 쓸수록, 알면 알수록 단단함을 더해 가는 것. 그런 친구를 사귀도록 해."

옳은 말씀이다.

"명심하겠습니다."

조형은은 가평역까지 도수를 데려다 주었다. 도수는 다시 한 번 그에게 감사를 했다.

그리고 역 안으로 들어갔다.

일산까지 가려면 무척이나 멀었다. 무지 지루한 시간이 될 것이라 생각한다.

일단은 쉬고 싶었다.

오늘을 쉬고 내일부터 본격적으로 다시 한 번 시동을 걸 생각이다.

* * *

"네? 뭐라고요? 사업 하나를 더 늘리자고요?"

기현은 깜짝 놀라서 도수에게 되물었다.

다른 간부들도 마찬가지였다.

기동과 수태, 실연, 재현, 광수는 이해할 수 없다는 표정으로 도수를 바라봤다.

지금의 사업으로만 너무 바빠서 먹었던 먹은 것을 토해 낼 지경이었다.

부동산을 관리하는 팀은 나름 전문인들이라 그쪽에서 알아서 한다고 하지만, 보안 회사는 그렇지 않았다. 모두 몸으로 뛰고 직접 고객들과 상대를 해야만 했다.

특히 보안 회사의 규모는 나날이 커져서 강남과 서초 지역을 거의 흡수했다고 보면 된다.

대기업들의 물량 공세가 만만치 않았지만, 현율 실업의 H—시큐리티는 그들의 공세를 잘 막아 냈다.

H—시큐리티에 대한 입소문이 나면서 강남, 서초구뿐만 아니라 조금씩 다른 구까지 세력을 확장하고 있는 중이었다.

사실대로 말하면 이 사업에 집중을 해야 한다.

부동산에 대한 수익은 단기적으로 나지 않는다.

난다고 하더라도 모조리 법에 접촉이 되었다.

하면 할 수는 있지만 도수가 그것을 극도로 싫어했다.

합법적으로 하려니 시간도 오래 걸리고 수익도 작을 수밖에 없었다.

더군다나 부동산 사업은 한번 발을 디디면 엄청나게 큰 금액이 소모되지 않던가.

그렇다보니 현율 실업의 주 수익은 H—시큐리티였다.

모두가 H—시큐리티의 역량을 집중해야 한다고 생각하는 것은 어찌 보면 자연스러운 현상이었다.

그런데 뜬금없이 도수가 간부들을 소집시키더니 엔터테이먼트 회사 설립에 대해서 어떻게 생각하냐고 물은 것이다.

그가 말을 꺼냈다는 것은 구체적인 방안이 이미 머릿속에 설정되어 있다는 것을 뜻한다.

간부들이 아는 한 도수는 그런 남자였다.

자신의 생각이 확고하게 서지 않으면 어지간한 일은 입 밖에 내지 않는다.

그렇기에 기현을 비롯해서 모든 간부들이 깜짝 놀란 것이다.

"왜 가망이 없다고 생각하나?"

도수가 양손을 깍지 끼며 물었다. 그 상태로 간부들을 돌아보았다.

도수가 이런 식으로 사람들을 쳐다볼 때 간부들은 은연중에 압박감을 느꼈다.

그럴 사람이 아니라는 것은 누구보다 그들이 잘 안다.

하지만 도수라는 인간 자체가 가진 말도 안 되는 압박감은 아무리 직속 수하들이라고 하더라도 감당하기가 어려웠다.

그들은 자신도 모르게 입을 다물고 말았다.

"저희에겐 엔터테이먼트에 대한 정보가 거의 없습니다. 전문가도 없고요."

간부들을 대표해서 기현이 입을 열었다.

"알아. 그러나 그쪽 바닥에 있는 자들을 영입할 수는 있겠지."

"자금도 넉넉하지가 않습니다."

"A급 스타들을 수십 명씩 영입하자는 것도 아니야. 일단 A급은 한 명이면 된다. 나머지는 될 성 싶은 떡잎들로만 구성해도 된다."

역시 도수는 이미 계획을 가지고 있었다. 여기서부터는 반대를 해도 소용이 없었다.

모두가 아이디어를 짜내어 도수의 계획을 좀 더 현실적이고 구체적으로 그림을 그려야 했다.

"어떤 A급 스타를 염두하고 계십니까?"

김실연 과장이 물었다.

그는 압구정 파의 2차 항쟁에서 크게 공을 얻어 도수에게 신임을 얻은 인물이었다.

지금은 도수와 종종 술잔을 기울일 정도로 가까운 사이가 되었다.

"미나."

도수는 짧게 대답했다.

"미나요? 혹시 저희가 아는 그 미나입니까."

"맞아."

간부들이 웅성거렸다.

미나가 누구인가.

몇 년 전 혜성처럼 나타난 국민 배우가 바로 미나였다.

섹시한 몸매와 선한 마스크는 남녀노소를 불문하고 좋아했다.

선행도 많이 베풀었고, 무척이나 정돈된 삶을 살고 있는 대한민국을 대표하는 여배우이기도 했다.

많은 신인 배우들이 자신의 롤 모델로 그녀를 선택할 정도였다.

미나의 이름을 듣는 순간 기현은 도수의 생각을 눈치챘다.

본격적으로 그 여자의 모든 것을 파멸시킬 생각인 것이다.

물론 헛된 돈을 쏟아부을 생각은 아닐 것이다. 기현이 아는 도수라면 절대로 허튼소리는 하지 않는다.

모르긴 몰라도 그 여자는 모든 것을 잃고 나락으로 추락한다.

하늘 끝까지 높게 날던 그녀이기에 추락의 강도는 무지비하고 사정이 없을 것이다.

그녀가 가진 모든 것은 이곳, 현율 실업이 가질 테고.

소종태가 그랬던 것처럼, 상준이 그랬던 것처럼, 영수가 그랬던 것처럼…… 그 여자는 백 원 짜리 한 장 가지지 못한다. 전 국민 앞에 속옷 한 장 걸치지 못하고 발가벗겨져 내몰리게 된다.

왜냐고?

당연한 말이 아니던가.

그녀는 맹수의 표적이 되었으니까.

기회만 살피던 사나운 짐승이 그녀를 덮치기 위해 이빨을 드러내고, 자세를 낮췄으니까.

아마 죽을 때가 되어서야 자신이 맹수의 표적이 되었다는 것을 알 것이다.

"알겠습니다."

기현은 순순히 대답했다.

도수와 미나의 악연을 알고 있는 그이기에 대답은 명쾌했다.

하지만 다른 간부들은 아니었다.

자신들이 무슨 수로 그런 S급 스타를 영입할 수가 있단 말인가.

H─시큐리티의 모든 역량을 집중한다고 하더라도 불가능했다.

"혀, 형님. 아니, 기획실장님. 그게 말이 된당가요. 일단 생각을 해 보시고 대답을 해 보시든가요."

기동이 다급하게 말했다.

그는 미나라는 이름을 듣는 순간부터 심장이 벌렁거렸다.

TV에서만 볼 수 있는 존재가 그녀였다. 자신들과는 다른 세계에 살고 있다고 믿었다.

그런 그녀를 자신들이 만든 회사로 끌어오다니…… . 해서는 안 될 짓 같았다.

"회장님이 결정하신 일이다. 우리는 믿고 따르기만 하면 된다. 그러니 왈가불가하지 마라."

"그, 그렇지만."

기동은 입을 쭉 내밀었다.

뭔가가 마음에 들지 않는다는 눈치였다.

하지만 회장인 도수가 있는 앞에서 노골적으로 불만을 터트릴 수는 없었다.

"모두 불안한 것 같으니 일단 내 계획을 말해 주지."

도수가 입을 열었다.

그러자 간부들이 도수에게 고개를 돌려서 그의 입을 바라봤다.

"우리가 미나를 영입할 수 있는 능력은 없어. 모두가 그렇게 생각하지?"

"그렇습니다."

기현을 빼놓고는 이구동성으로 대답했다.

"그럼 너희들에 그 대단한 미나의 몸값이 떨어지면 어떻겠나?"

도수는 간부들에게 물었다.

모두가 고개를 갸웃거렸다.

무슨 의도로 도수가 그런 말을 하는지 알아들을 수가 없었다.

"미나의 몸값이 떨어지려면 세월밖에 없다고 생각합니다. 지금의 미나는 가장 아름다울 때입니다. 최소 5년 이상은 정상에서 군림할 것입니다."

머리 회전이 빠른 백재현 과장이 말했다.

그는 상황분석이 뛰어나다.

한마디만 하더라도 보통 두 마디, 세 마디 이상은 알아들었다.

그렇기에 기현이 그를 기획실로 끌어들이고 싶어 했다. 하지만 간부들이 워낙 없는 탓에 백재현은 실무를 담당하고 있었다.

"맞는 말이야."

도수는 고개를 끄덕였다.

그리고 말을 이었다.

"하지만 추락하는 모든 것에는 날개가 있는 법이지. 그녀의 날개가 꺾였을 때 우리가 가장 먼저 낚아채면 된다."

"하지만 작년에 이런 일도 있었습니다. 그녀의 과거 행적을 밟아서 폭로를 했던 기자가 국민들에 지탄을 받고, 그 세계를 완전히 떠나야 했습니다. 설사 그자의 말이 사실이었다고 하더라도 그만큼 미나의 벽이 공고하다는 말도 됩니다."

"그런 미나에 대한 국민적인 감정…… 살짝만 건드리면 어떻게 될까? 예를 들면 국방의 의무를 저버리고 미국으로 도망간 스티브 김처럼 말이야."

"서, 설마. 스캔들을 터트릴 생각이십니까. 그럼 안 됩니다. 만약 그랬다가는 그녀는 치명상을 입습니다. 국민의 지지를 잃은 그녀는 더 이상 스타로서의 가치를 잃고 말 것입니다. 그런 그녀를 영입해 봤자 저희는 아무런 소용이 없습니다. 괜한 여배우의 인생을 끝장내고 싶지 않습니다."

백재현 과장이 꽤나 적극적으로 나섰다.

보아하니 그녀의 팬인 듯싶었다.

"내가 분명히 말했잖아. 우리가 영입할 수 있는 수준까지만 떨어트린다고."

"……어떻게?"

모두의 눈과 귀가 반짝였다. 도수의 입에서 어떤 말이 나오기를 기다렸다.

"그녀의 몸값을 조작한다. 주가 조작처럼 말이야."

도수를 제외한 사람들은 그의 말을 이해하지 못했다.

"그게 무슨 말씀이신지……."

도수는 빙긋 웃고는 자신이 가진 계획의 일부를 그들에게 알려 주었다.

간부들의 얼굴이 점점 경악으로 일그러진다.

5.

젊음의 양지

CITY OF
WILD BEAST

도수는 거울을 봤다.

머리카락이 많이 자라 있었다.

아직도 스포츠 형태의 머리였지만, 예전처럼 짧지는 않았다.

오랜만에 이발소에 가서 머리카락도 깔끔하게 다듬었다.

유명한 미용실에 가서 깎을까도 생각을 해 보았지만 어쩐지 그런 곳에 가기는 쑥스러웠다.

미용실이란 그의 이미지에 여성들이 머리를 파마하기 위해 가는 곳으로 남아 있었다. 그래서 그런지 몰라도 미용실에는 가기가 싫었다.

이발소에서 머리를 단정하게 자른 후 머리를 감겨 주는 서비스를 받고는 집으로 돌아왔다.

그리고 가장 단정한 정장으로 갈아입었다.

안에는 흰색 와이셔츠를 입고, 유정이 선물로 사준 넥타이를 맸다.

어쩐지 긴장이 되는 하루였다.

며칠 전 도수는 기현의 결혼식을 알리기 위해서 유정에게 전화를 걸었다.

그녀의 가장 친한 친구가 민희이기에 이미 알고 있을 것이지만, 그래도 혹시 몰라서 확답을 듣기 위해서 전화를 걸었다.

물론 그녀도 알고 있었다.

자신은 그녀의 들러리를 서기 위해서 조금 일찍 출발한다고 하였다.

도수에게 늦지 말라는 당부도 했다.

도수는 알았다고 대답했다.

한데 유정은 말미에 말끝을 잇지 못했다. 뭔가 하고 싶은 말이 있는 모양이었다.

도수는 하고 싶은 말은 하라고 얘기했다.

그러자 유정은 자신의 아버지가 오빠를 보고 싶어 한다고 말했다.

장례식장에서 돈을 받는 자리를 내준 것은 가족으로 인정한다는 뜻과도 같았다.

워낙 거금이 들어오기에 아무나 함부로 그 자리에 앉히지도 않았다.

도수도 그것을 알고 있었다. 조만간 연락이 올 것이라고
예상을 했었으니까.

　예상대로 유정에게 그 이야기를 들었다.

　도수가 알겠노라고 대답하자 유정은 고맙다고 말했다.

　그리고 오늘이 유정과 유정의 아버지를 만나는 날이었다.

　도수는 어떤 식으로 그녀의 아버지를 만나야 하는지 한참
이나 고민을 했다.

　멋있게 차려입을 센스도 없었다.

　그렇다고 평상시대로 입으면 너무 조직폭력배처럼 보였
다.

　최대한 격식 있고 평범하게 보여야 했다.

　하지만 도수는 좌절하고 말았다.

　아무리 옷을 그렇게 입는다고 하더라도 얼굴에 길게 그어
진 자상으로 인해서 험악스러움은 사라지지 않았다.

　도수는 포기했다.

　있는 모습 그대로를 보여 주기로 했다. 만약 유정의 아버
지가 유정과의 교제를 반대한다면 그때 가서 생각해 볼 문
제였다.

　도수는 일산에서 나와 택시를 탔다. 유정의 집이 있는 곳
까지는 꽤나 멀었지만 자가용을 운전해서 가고 싶지는 않았
다.

　다행히도 차는 막히지 않아서 약속 시간 20분 전에 도착
을 했다.

도수는 예약을 해 둔 고급 중식 레스토랑으로 올라갔다.

문을 열자 깔끔하게 차려입은 두 명의 종업원이 그를 맞이했다.

도수가 1시 예약이라고 말을 하자 성함이 어떻게 되냐고 종업원이 물었다.

그렇게 이름을 확인한 후 레스토랑 안쪽으로 그를 데리고 갔다.

도수의 거구를 봐서인지 종업원들의 행동 하나하나가 조심스러웠다.

그들은 안쪽에 위치한 룸의 문을 열리고, 네 명이 식사를 할 수 있는 탁자가 놓여 있었다.

검은 벽지에 꽃들이 수놓아져 있어서 그런지 꽤나 고급스럽게 보였다.

도수는 아직 도착하지 않은 일행에 대한 이야기로 종업원들을 물리고, 자리에 앉았다.

5분 정도 시간이 지나고 유정에게 연락이 왔다.

―오빠, 어디에요?

"나 도착했어. 레스토랑 안에 와 있다."

―우와, 빨리 왔네. 저희도 금방가요. 정시 안에 도착할 것 같아요.

"그래, 천천히 와."

―싫어, 배고파서 빨리 갈래요.

"조심해서 와."

─네, 그럼 조금만 쉬고 계세요.

유정의 기분은 좋아 보였다.

하긴, 어느새 어머니가 돌아가신 지도 한 달 가까이 지났다.

슬픔은 마음 한구석을 차지하고 있을지 모르지만, 성격은 본래의 모습을 거의 찾아가고 있었다.

다행이란 생각이 들었다.

10분 정도 시간이 지나자 도수가 있는 룸의 문이 드르륵, 거리며 열렸다.

미닫이문으로 되어 있어서인지 열고 닫을 때 나무가 끌리는 소리가 났다.

도수는 옷매를 다잡으며 자리에서 일어났다.

문이 열리고 원피스 정장을 입은 유정과, 깔끔한 정장을 입은 유정의 아버지 이규태가 나타났다.

도수는 유정의 아버지에게 다가가 바르게 인사를 올렸다.

"오랜만이구만, 도수 군."

유정의 아버지는 손을 내밀었다.

도수는 손아귀에 힘을 빼고 그의 손을 잡았다.

"오랜만입니다, 아버님."

순간적으로 마땅히 뭐라고 불러야 할지 호칭이 생각나지 않았다.

장인어른이란 말은 이상했다.

그렇다고 아저씨나 규태 씨라는 것도 말이 되지 않았다.

그렇기에 그냥 아버님이라고 부르기로 했다.

"앉지."

"네."

유정의 아버지가 자리에 앉자 도수는 그의 앞자리에 자리를 잡았다.

유정은 눈치를 보더니 도수의 옆자리에 앉았다.

그 모습을 본 유정의 아버지는 혀를 찼다.

"이것 참. 딸내미 키워 봐야 소용없구만. 곱게 키워 놓으니 바로 딴 사내에게 가 버리는 걸 보면."

유정은 아버지에게 혀를 날름거리며 말했다.

"그게 인생사라고요. 아버지도 아시면서."

"그래, 알지."

유정의 아버지는 고개를 끄덕였다.

어쩐지 그의 모습에서 그리움이 스치고 지나갔다.

아마도 아내의 모습이 유정과 겹쳐 보였는지도 모르겠다.

약간은 어색한 기운이 흘렀다.

도수와 유정의 아버지도 마땅히 할 말이 없었다. 그들은 물만 몇 번이나 마실 뿐이었다.

그 어색함을 없애기 위해서 유정이 계속해서 대화를 유도했다.

만약 유정이 화장실이라도 가서 자리를 비운다면 두 사내 모두 무척이나 난감할 것 같았다.

어색함을 없애 준 것은 식사였다.

중식을 선택한 것은 탁월한 선택이었다.

코스 요리의 특징은 한 번만 음식이 나오지 않는 것이다.
중간, 중간 음식이 나오며 끊어진 대화를 이어지게 했다.

"서른다섯이라지?"

유정의 아버지가 물었다.

"그렇습니다."

"사업을 한다고?"

"네."

"현율 실업이라…… 내가 조금 알아봤네. 꽤 탄탄한 중소
기업이더군."

역시.

그럴 것이라 예상했다.

유정의 아버지 정도 되는 사람이라면 얼마든지 회사에 대
해서 뒷조사를 할 수 있으리라.

눈에 넣어도 아프지 않을 딸이 만나는 남자가 어떤 사람
인지 정도는 알아야 할 것이라고 생각했다.

하지만 자신에 대해서는 알아내지 못했을 것이다.

기현은 도수를 노출시키지 않기 위해서 상당히 노력을 하
고 있었으니까.

특히 현율 실업은 다른 조직들의 시야에서 벗어나지 못하
고 있었다.

언제든지 틈새가 있으면 칼을 들고 상경을 할 것이 불을
보듯 빤했다.

그들의 목표는 두말할 것 없이 도수였다.

그렇기에 최종 보스라고 할 수 있는 도수를 철저하게 숨겼다.

어지간한 정보력을 가진 사람들이 아니라면 도수에 대해서 알아낼 수가 없을 것이다.

"운이 좋았습니다."

"운이 좋긴. 특히 보안 회사는 무척이나 공격적으로 마케팅을 한다고 하더군. 다른 회사에서 불만들이 많아."

다른 회사란 대기업들을 말하는 것이다.

특히 고위 경찰들이 퇴직을 하면 보안 회사로 넘어가는 경우가 많았다.

그들이 하는 말일 가능성이 높았다.

도수는 그의 눈을 살폈다.

말을 그렇게 했지만 전혀 기분이 나빠 보이지 않았다.

오히려 호감으로 도수를 바라보고 있었다.

"좋군. 젊음이란."

"과찬이십니다."

"내 아내는 꽤나 자네가 마음에 들었나 봐. 그러니까 그렇게 가기 전까지 자네 칭찬을 무척이나 하더군. 천방지축 날뛰는 딸내미를 잡아 줄 수 있는 유일한 사람이라고까지 했어."

"……."

도수는 아무런 말을 하지 않았다.

지금은 듣고 있는 것이 순서였다.

"하지만 아비란 존재는 믿음만으로는 안 되지. 확실한 근거가 있어야 했거든. 그래서 본의 아니게 자네가 말한 회사에 대해서 알아봤네."

"당연하다고 생각합니다. 기분 나쁘지 않습니다."

"그렇게 생각해 주니 고맙군. 그럼 단도입적으로 물어보겠네."

"말씀하십시오."

유정의 아버지의 풍기는 기도가 바뀌었다.

호기심이 어렸던 시선도 위엄이 가득 있게 바뀌었다.

일순간 도수는 긴장했다.

"자네. 우리 애와 어쩔 생각인가?"

올 것이 왔다.

그녀와 결혼을 하고 싶습니다, 라는 것이 도수의 솔직한 심정이었다.

하지만 자신의 이기적인 생각 때문에 그녀를 암흑 속으로 끌어들이고 싶은 생각은 추호도 없었다.

"아빠, 그 얘기는 나중에 하면 안 돼요? 저 아직 28살밖에 안 됐다고요. 사랑스러운 딸을 벌써 시집 보내고 싶으세요?"

다행히도 급한 불을 유정이 끼어들면서 꺼 주었다.

"아직 28살이 아니라, 벌써 28살이겠지. 내 친구들의 28살짜리 딸들은 진작 결혼해서 애기들도 낳고 하더라."

"아이고, 우리 아부지…… 정말 구식 시대네요. 딸들 그렇게 공부시켜 키워 놓고 능력 발휘도 못하게 시집 가서 애만 키우게 하고 싶어요?"

"그건 아니다. 남자건 여자건 능력을 발휘하기에는 동등해야 한다고 생각한다."

"역시 우리 아버지의 마인드는 깨어 있으셔. 그러니까 벌써 저한테 시집 가라고 보채지 마세요."

그녀의 말에 아버지는 머리를 흔들었다.

"내가 말하는 건 그게 아니다. 결혼을 해서 자리를 잡으면 네 일에도 충분히 열중을 할 수 있으니까 하는 말이다. 정말로 좋은 배필을 맡으면 충분히 더 좋아질 수 있어."

"오, 옳으신 말씀이네요. 하지만 저희는 사귄 지도 얼마 되지 않아서……."

천하의 유정도 말문이 다 막힌다.

부녀의 대화를 보고 있자니 재미나다는 생각이 드는 도수였다.

"너희 보고 바로 결혼을 하라는 말이 아니다. 도수 군에게 결혼할 의사가 있느냐, 라는 것을 묻는 거지. 유정아……."

"네, 아버지."

"말이란 말이다…… 상당한 구속력이 있단다. 비록 법과 같이 눈에 띄는 강제성을 가지진 못하지만, 한번 내뱉은 말은 자신과 상대를 옭아매는 효력이 있어. 그래서 묻는 말이다. 결혼한 의사가 있는지, 없는지를."

유정의 아버지는 노련했다.

조형은과는 완전히 다른 형태로 도수의 어깨를 짓눌렀다.

유정의 아버지 이규태는 도수에게 자신의 패를 내보였다. 그가 가진 최고의 패는 단연 이유정이었다.

이제 도수에게 선택을 강요한다.

도수는 자신의 암울한 미래와 일생을 같이 할 반쪽을 두고 선택을 해야만 했다.

어느 것도 포기할 수는 없었다. 어느 것도 포기하고 싶지도 않았다.

잠시 생각을 하던 도수가 입을 뗐다.

"유정이와 결혼하고 싶습니다."

"하고 싶다라……. 못한다는 뜻으로 들어도 되겠는가."

"아닙니다. 아직은 제가 할 일이 있습니다. 그 일은 끝내면 반드시 제 말에 책임을 지겠습니다."

"해야 할 일이 있다…… 무척 중요한 일인가 보군."

"예."

유정의 아버지는 더 이상 결혼에 대해서 묻지 않았다.

그는 묵묵히 고개를 끄덕일 뿐이었다.

유정이 급히 화재를 바꿨다.

분위기가 가라앉아서 그런지 유정은 양쪽 사이를 오가며 대화를 하느라 진땀을 뺐다.

혹여 자신이 화장실이라도 가면 둘의 사이가 더욱 냉각이 될까 봐 화장실도 가지 못했다.

식사를 마치고 도수가 계산을 했다.

그는 차가 있는 곳까지 천천히 뒤에서 쫓아왔다.

"오늘 식사 잘 먹었네."

"아닙니다. 잘 드셨다니 다행입니다."

"그럼…… 나중에 보세."

나중에 보자는 말에 도수보다 유정의 얼굴이 밝아졌다.

유정은 도수를 힐끗 보며 한쪽 눈으로 윙크를 했다.

도수는 빙그레 웃고는 그들이 탄 차가 떠날 때까지 뒤에서 묵묵히 지켜보고 있었다.

유정은 창문을 열어서 어서 들어가라고 도수에게 손짓을 했다.

"녀석, 저놈이 그렇게 좋냐."

운전을 하고 있는 유정의 아버지가 물었다.

"좋죠. 저렇게 멋진 남자 흔치 않잖아요."

자리에 제대로 앉은 유정이 두 번 생각하지도 않고 대답했다.

"멋진 남자라…… 멋진 남자보다는 신뢰가 가는 남자 같구나."

"네? 그 말씀은……?"

"김칫국부터 마시지 마라. 아직 판단하기는 이르니까."

"훗, 그 정도면 됐죠. 아버지 눈에 들기가 얼마나 어려운지 예전에 아저씨들한테 들어서 알고 있거든요."

"녀석."

이규태는 백미러로 멀어져 가고 있는 도수를 보았다. 그가 본 도수의 모습은 무척이나 남자다웠다.

저런 타입의 남자는 자신이 한 말을 목숨보다 귀하게 여긴다.

하지만 마음에 걸리는 것이 하나 있었다.

도수의 눈동자에서 서늘한 기운을 느낀 것이다.

그 서늘한 기운이 알게 모르게 이규태의 등줄기를 오싹하게 만들었다.

*　　*　　*

드디어 기현의 결혼식이 다가왔다. 회사 전체가 기현의 결혼 소식으로 가득했다.

특히 총무과 비서과의 미녀들은 회사에서 가장 멋진 사내가 벌써 결혼을 했다면서 슬퍼했다. 하긴 그럴 것이 회사 내 대부분의 사원들이 우락부락하다.

옷만 살짝 바꿔 입으면 건달과 다를 바가 없는 사내들이 득실거렸다.

몇몇 사원들이 그녀들에게 추파를 던졌지만 대부분이 무서워서 거절을 했다는 말이 옳았다.

저런 남자와 살다가 한 대라도 맞으면 죽을지도 모른다면서.

결혼식을 토요일 오후 1시였다.

장소는 강남. 회사와 멀지 않은 곳이었다.

신혼집도 강남에서 차린다고 하였다.

대부분의 회사원들이 큰일이 없는 이상 결혼식의 참석을 했다.

도수는 일찍 집을 나섰다.

며칠 전 기현이 도수에게 주례를 서 달라고 하여서 미친 놈이라고 되받아쳐 주었다.

꽤나 고민한 눈치였지만, 어디 할 게 없어서 35살밖에 되지 않은 도수에게 주례를 서 달라고 한다는 말인가.

한숨을 푹푹 쉬는 기현을 보고 있자니 그냥 넘어갈 수도 없었다.

그의 마음은 이해가 간다. 그의 선배라고 해 봤자 모조리 건달들이었으니까.

나 건달이요, 라고 이마에 써 붙인 것처럼 말이다.

할 수 없이 도수는 기현과 함께 조형은에게 찾아가 주례를 서 달라고 부탁을 했다.

그는 흔쾌히 수락을 했다.

그날 무슨 옷을 입어야 멋지게 보일까, 라며 들떠 보이기까지 했다.

옆에서 듣고 있던 이영옥이 노망났다면서 핀잔을 줬지만 개의치 않는 모습이었다.

과거 그의 이름만 들으면 자던 아이도 깼다는 위명이 거짓말처럼 느껴졌다.

이런 생각하는 게 실례지만, 꽤나 귀여웠다.

기현은 그런 조형은에게 몇 번이나 감사를 했다.

주례도 정해졌고 제수씨인 민희의 집에서 허락을 했다고
한다.

나중에 얘기를 듣고 보니 기현과 결혼을 허락하지 않으면
죽음도 불사하겠다고 한다. 자신은 기현의 2세를 가졌으니
마음대로 하라고.

참으로 대찬 여자가 아닐 수 없었다.

당연 민희의 집에서는 뒷목을 잡고 기절할 일이었고.

어쨌든 민희의 집에서는 울며 겨자 먹기로 결혼을 허락했
고, 그 후로는 결혼식까지 일사천리로 진행이 되었다.

그리고 드디어 결혼식 날이 다가왔다.

도수가 집 밖으로 나오자 리영춘과 고기만이 정장을 차려
입고 대기를 하고 있었다.

그들 역시 기현의 결혼식에 들어가야 하니 옷을 깔끔하게
차려입었다.

"나오셨습네까. 회장님."

둘은 약속이라도 한 듯 같이 고개를 숙였다.

도수는 뒷문을 열고 차에 올랐다.

예전에는 그들이 뒷문을 먼저 열어 주려고 했지만 도수가
그만두게 했다.

너희들은 나를 경호하기 위해서 고용이 된 거야. 그러니까 그런 것에 신경을 쓸 시간이 있으면 주위를 한번 더 돌아봐. 나는 뒤통수에 눈이 없으니까.

평범한 말이지만 리영춘과 고기만은 꽤나 감동한 모양이었다.

그 이후로 도수를 모시는 데 더욱 열과 성의를 다하는 것을 보면.

도수를 태운 차는 강남 예식장에 도착했다.

여느 예식장이 모두 그렇지만, 오늘은 특히나 붐볐다.

많은 하객을 예상하여 웃돈을 주고 앞뒤로 1시간씩 시간을 더 늘렸지만, 주차장은 진작 만차가 되고 말아, 차를 세울 수 없는 하객들이 예식장 주변을 이리저리 돌았다.

도수가 차에서 내리자 그를 알아본 회사 직원들이 다가와 인사를 했다.

도수는 그들을 보고 빨리 왔네, 라고 말했다. 직원들은 실장님 결혼식인데 일찍 와야지요, 라고 대답했다.

고개를 끄덕인 도수는 예식장 안으로 들어갔다. 그가 들어가자 사람들이 좌우로 쫙 벌어진다.

일부러 그에게 자리를 내준 것은 아니었다.

도수에게 뿜어져 나오는 위압감이 자신들도 모르게 움츠러들게 만들었다.

"와, 저 사람 누구야? 살벌해라. 쳐다도 못 보겠다."

예식장 밖에서 담배를 피던 현율 실업 거래처 사원이 말했다.

"몰랐어?"

그의 앞에 있던 다른 사원이 되물었다.

"뭐가?"

"저 사람이 현율 실업 회장이잖아. H─시큐리티하고 H─리츠를 운영하는 실질적인 오너."

"정말? 확실해? 와, 아우라 쩐다. 씨발, 100미터 밖에서도 포스가 느껴지겠네."

"확실한 것은 아니고. 나도 현율 실업에 일이 있어서 갔다가 우연히 보게 됐어. 이기현 실장하고 이기동 부장이 맨발로 뛰어나와서 회장님이라고 부르더라. 그들이 회장님이라고 부를 만한 사람이 누가 있어."

"하긴 이 바닥에서 이기현 실장과 이기동 부장을 모르면 간첩이지. 사실 압구정 파를 몰락시킨 것도 회장님 한 사람의 힘이라면서?"

"믿기지 않는 얘기지."

"그러게. 말도 안 된다고 나도 생각은 했는데. 오늘 보니까 그럴 수도 있겠다고 생각된다. 장난 아니네."

두 사원은 멀어지는 도수의 뒷모습을 보면서 이런저런 얘기를 나눴다.

도수는 1층에 있는 신부 대기실로 들어갔다. 신부 대기실에는 이미 많은 사람들이 북적거렸다.

민희의 가족들과 친구들 그리고 기현이 멋진 턱시도를 입고 멋쩍은 듯한 표정으로 서 있었다.

사진 작가가 그들을 세워서 한 명씩 사진을 찍었다.

시간적으로 여유가 꽤 있으니 사진을 찍는 양은 상당히 많았다.

"큰형님!"

기현이 도수를 발견하고 밝게 웃으며 손을 흔들었다. 그는 북적거리는 인파를 헤치고 도수에게 다가왔다.

"일찍 오셨네요."

"응."

"감사합니다. 후후, 제 마누라 예쁘죠."

기현은 방긋방긋 웃으면서 웨딩드레스를 입고 있는 민희를 보았다.

민희는 정신이 없어 보였다.

많은 친척들과 친구들이 몰려와서 그들에게 일일이 인사를 하고 있었다.

"그렇군."

도수는 고개를 끄덕였다.

여성이 태어나서 가장 아름다울 때가 웨딩드레스를 입었을 때라고 하더니 그 말이 틀리지 않다고 생각했다.

민희의 몸에서 아름다운 광채가 흐르는 것 같았다. 꼭 진하게 화장을 해서는 아니었다.

"이리 오세요."

기현은 도수를 데리고 민희 앞으로 갔다.

"큰형님 아니, 회장님 오셨어."

도수가 민희에게 다가가자 그녀들의 친구들이 깜짝 놀라 양옆으로 길을 터 주었다. 곰을 봤다고 착각을 했을 수도 있었다.

도수를 발견한 민희는 볼이 발그레하게 변하면서 가슴에 손을 대고 고개를 숙였다.

"오랜만이네요, 회장님."

"네, 제수씨도 오랜만이네요. 결혼 진심으로 축하드립니다."

"감사합니다."

민희가 회장님이라는 소리를 하자 주변 사람들이 도수를 힐끗힐끗 쳐다보았다.

기현이 친하게 지내고 회장님이라고 부를 수 있는 사람은 단 한 명밖에 없었다.

기현은 자신의 부모님에게 먼저 도수를 소개시켜 주었다. 그의 부모님은 눈시울을 붉히면서 도수의 손을 잡았다.

"우리 못난 놈, 사람 만들어 줘서 고맙습니다."

"아닙니다, 어머님. 제가 기현이에게 많이 배우고 있습니다."

도수는 그렇게 대답했다.

진심이기도 했다.

하지만 부모님의 입장에서는 그렇지 않은 모양이었다.

그들은 연신 도수에게 고개를 조아리며 감사하다고 말했다.

조금은 민망해질 정도였다.

도수는 알겠노라고 대답을 하고 자리를 옮겨 민희의 부모님에게도 인사를 했다.

평범한 가정을 이루고 있는 민희의 부모님이다.

도수의 엄청난 덩치에서 뿜어져 나오는 위압감에 절로 위축이 되었다.

도수와 마주 보기도 힘든 모양이었다.

"장인어른, 장모님, 저희 회사 회장님이십니다."

"안녕하십니까. 마도수라고 합니다."

도수는 최대한 정중하게 그들에게 허리를 굽혀 인사를 했다.

민희의 부모님도 도수에게 고개를 숙여 인사를 받았다.

한 회사의 회장이자 압도적인 체구를 가진 도수가 정중하게 인사를 하자 조금은 긴장이 풀리는 모양이었다.

그들 역시 도수의 손을 잡고 우리 이 서방 잘 부탁합니다, 라고 말했다.

모두에게 인사를 마친 도수가 신부 대기실에서 나왔다. 밖으로 나오자 속이 뻥 뚫리는 기분이었다.

신부 대기실은 사람이 많아서 그런지 답답한 기분이 들었다.

결혼식장만 아니면 목에 건 넥타이를 풀고 싶은 기분이

들 정도였다.

"회장님, 오셨어요."

누군가 다가와서 도수에게 인사를 했다.

모두 세 명이었다. 세 명 모두 눈이 떡 벌어진 정도로 상당한 미모였다.

비서실 직원들이었다.

특히 그중에서 채진아의 미모는 압권이었다.

붉은 색의 짧은 투피스를 입고 있었는데 누가 보더라도 눈에 확 띄었다.

붉은 립스틱을 발랐는지 입술도 잘 익은 사과처럼 붉었다.

붉은 립스틱은 양날의 칼과도 같다.

잘 칠하면 굉장히 섹시하면서 고급스러워 보이지만 잘못 칠하면 무척이나 천박해 보이기도 했다.

확실히 말해서 채진아는 전자였다.

여자로서의 섹시함이 무척이나 돋보였다.

도수만 아니었다면 그에게 말을 붙여 보고 싶은 사내 직원들이 줄을 섰을 것이다.

"채 비서, 일찍 왔군."

기현이 했던 말을 도수도 했다.

"채 비서라니요, 사적인 자리에서. 그냥 진아라고 해 주세요."

진아라……

요즘 여자들은 원래 이렇게 당돌한가.

그러고 보니 유정도 꽤나 당돌했다.

유정과 진아는 분명 다른 타입이지만 교차되는 부분은 상당히 많았다.

바로 지금과 같은 당돌함이 그러하다.

차마 진아야, 라고 입에서 떨어지지 않는다. 예전 유정이에게 말을 놓을 때도 마찬가지였지만 그럴 때마다 온몸에 털이 곤두서는 것 같았다.

도수가 난감해하는 모습을 본 채진아는 방긋 미소를 지었다.

무척이나 매력적인 웃음.

그녀는 도수에 대해서 알 만큼 안다.

회사 내에서 그녀보다 도수에 대해 많이 알고 있는 자는 기현이 유일할 것이다.

세상 모든 사람들이 도수를 보고 맹수와 같은 자라고 하지만 진아는 그렇지 않았다.

귀엽다고까지 느끼고 있었다.

그렇기에 도수를 편하게 상대하는지도 몰랐다.

다른 비서들은 얼굴이 사색이 되어 조금이라도 도수에게 떨어지려는 것만 봐도 그렇다.

"회장님, 식 보고 식사하실 거예요?"

진아가 물었다.

"아무래도 그래야겠지."

"그럼 저랑 같이 식사하죠."

"지금 식사하러 가던 길 아니었나?"

도수는 진아의 뒤편에서 긴장해 서 있는 비서과 직원들을 보며 말했다.

"그러려고 했는데, 회장님을 뵈었으니 끝까지 충실해야죠. 회장님 식사도 챙겨야 하고요."

"여기까지 와서 무슨. 나 신경 쓸고 없어. 배고프면 가서 밥 먹어."

"저희는 비서과 직원들로서 최선을 다하고 싶을 뿐이에요."

이렇게까지 말을 하자 도수로서는 거절할 방법이 없었다.

그때였다.

"오라버니!"

낯익은 목소리가 들리며 도수에게 빠르게 다가왔다. 그녀는 도수의 팔짱의 자신의 팔을 냉큼 끼었다.

유정이었다.

도수는 유정을 놀란 눈으로 바라봤다.

유정도 무척이나 아름다웠다.

그녀는 하늘색 투피스에, 엷은 화장을 하고 머리카락은 단정하게 뒤로 묶었다.

진아와는 확연하게 대비가 된다.

마치 일부러 그런 풍경을 배치한 것처럼도 느껴질 정도였다.

"아까 신부 대기실에서 오빠 봤는데."

"아는 체를 하지 그랬어."

"민희 뒤치다꺼리 하느라고요. 오빠가 절 못 알아볼 줄이
야, 흑흑흑."

유정은 한 손으로 우는 흉내를 냈다.

그 모습이 무척이나 귀여웠다.

"미안. 나도 정신이 없어서."

"아니에요. 아까 보니까 오빠도 정말 바빠 보이던데요."

유정은 도수를 향해서 혀를 날름 내밀었다.

"이제 곧 식 시작인데, 가요."

"그래야지. 아, 이쪽은 우리 회사 비서과의 채진아 씨.
이쪽은 고려일보의 이유정 씨. 인사하지."

도수는 앞에 서 있던 진아와 옆에 붙어 있던 유정을 인사
시켰다.

"안녕하세요. 이유정입니다."

"안녕하세요. 채진아입니다."

서로가 고개를 까닥이며 인사를 했다.

진아는 유정이 나타났을 때부터 경계를 하고 있었다.

유정도 마찬가지였다.

그녀는 진아와 도수가 반갑게 대화를 할 때부터 신경을
쓰고 있었다.

그리고 마주하고 나서는 서로의 존재가 자신에게 얼마나
불쾌한지 직감적으로 알아차렸다. 어지간해서는 도수와 상

대를 같이 있게 해서는 안 된다.

"어서 가요. 식 시작하겠네."

서로 간단하게만 인사를 하고는 유정은 도수의 팔을 끌었다.

두 여자의 알력 싸움이 있었다는 것을 꿈에도 생각 못한 도수는 유정이 이끄는 대로 끌려갔다. 그는 진아에게 나중에 봐, 라는 말만 남겼다.

사라져 가는 도수와 유정을 보며 진아는 작은 두 주먹을 꼭 쥐었다.

그녀는 굉장히 쿨 한 여자다.

남자를 사귈 때도, 인터넷 쇼핑물을 운영할 때도 시원시원스럽게 웃으면서 다음에 잘하면 되지, 라고 말을 할 정도였다.

하지만 지금은 굉장히 분했다.

정확하게 왜 그런지 표현을 못 하겠다.

도수는 그녀의 남자 친구도 아니었다. 회사 상사일 뿐.

그런데도 기분이 무척이나 상한다.

"팀장님."

비서과 직원 중에 한 명인 미란이 조심스럽게 진아를 불렀다.

"왜?"

자신도 모르게 언성이 높아졌다.

"저 여자, 아무래도 회장님 여자 친구 같은데요?"

"그래서 뭐?"

진아는 그녀에게 톡 쏘아붙였다.

그렇게 말을 하고는 진아는 급히 후회했다.

자신은 누군가를 질투하는 여자가 아니었다. 질투 따윈 개나 줘버려, 라며 쿨하게 살지 않았던가.

자신의 모습을 잃어버린 것 같아서 후회가 된다.

그녀는 길게 한숨을 쉬며 미란에게 말했다.

"아, 미안해. 뭐, 회장님도 나이가 있으니 여자 친구일 수도 있지. 뭐, 아닐 수도 있고. 어쨌든 우리도 식은 보고 식사를 하자고."

진아는 억지로 밝게 웃으며 팀원들을 데리고 식장으로 들어갔다.

6.

여왕을 향한 칼날

CITY OF
WILD BEAST

"왜?"

식사를 하던 도수가 벌떡 일어나는 기동을 보면서 물었다. 기동은 눈은 넓은 식당의 한쪽 끝에 향해 있었다.

"시비가 묻은 모양이어라."

"결혼식장에서 시비가 붙어?"

도수의 눈매나 실룩거렸다.

어떤 정신 나간 놈이 술이 취해서 옆자리와 시비가 붙었다고 생각할 수밖에 없었다.

도수는 고개를 돌려서 그곳을 바라봤다. 옆자리에서 식사를 하던 유정도 고개를 돌렸다.

식당 한쪽 끝이 상당히 소란스러웠다.

"무슨 일인지 보고 와."

"개눔의 새끼들, 감히 여기가 어디라고 소란을 피노."

도수의 명령에 고개를 끄덕인 기동이 그곳으로 향했다.

도수만큼은 아니지만 덩치가 상당한 기동이다.

비록 얼굴이 동글동글해서 귀여운 상이지만 화가 났을 때는 그렇지 않았다.

갑작스럽게 야차처럼 변하기도 한다.

그의 얼굴이 심각하게 일그러져서 그곳으로 향했다.

기동의 성격으로 보아 소란을 피운 자들의 뒷덜미를 잡고 식장 밖으로 끌어낼 것이다.

그리고 울분의 조치를 취하겠지.

하지만 기동은 그들을 내치지 못하고 돌아왔다.

돌아올 때는 그쪽 테이블로 갔을 때보다 더욱 똥 씹은 표정을 하고 있었다.

"왜?"

"저기…… 그러니까 말입니더."

기동의 표정에서 짜증이 역력하다.

화가 굉장히 나지만 일단 물러날 수밖에 없는 이유가 있을 것이다.

기동의 말을 들은 도수의 얼굴도 구겨졌다.

그들은 초대받지 않은 손님이었다.

초대할 생각도 없었다. 청첩장을 돌리지 않았으니 당연한 일이었다.

하지만 그들은 안면몰수를 하고 왔다.

대치동 파 놈들이었다.

아니, 이제는 JM기업이라고 불린다.

김종민의 이름을 따서 만든 것은 보이 않아도 빤한 일이었다.

그들은 현율 실업만큼이나 크게 세력을 불려 나가고 있는 중이었다.

아직은 그들과 크게 부딪치지는 않았다.

하지만 그들은 JM엔터테인먼트라고 하여 연예계에 이미 진출을 한 상황이었다.

도수가 새로운 사업 방향을 그쪽으로 잡았기 때문에 반드시 그들과 부딪칠 수밖에 없었다.

언젠가는 반드시.

"어쩔까요, 회장님."

기동이 물었다.

"내가 가지. 넌 여기서 기다려."

도수가 일어났다.

옆에서 식사를 하고 있던 리영춘과 고기만은 그를 따라서 자리에서 일어났다.

"너희들도 여기 있어. 괜히 놈들의 심기를 건드릴 필요가 없다."

"하지만……."

"괜찮으니까 그냥 지켜보고 있어. 놈들도 바보는 아니다. 일반인들이 보는 상황에서 괜한 짓을 저지르지 않을 거다."

"알겠습네다."

리영춘과 고기만은 자리에 앉았다.

하지만 언제라도 뛰쳐나갈 수 있게 눈동자는 그의 등에 고정시켰다.

"괜찮을까요?"

유정이 기동에게 물었다.

아무리 주먹이 강하다고 하더라도 이곳은 기현의 결혼식 장이었다. 이곳에서 난리를 칠 수는 없었다.

주먹질을 하지 않고 끝나는 것은 도수의 역량에 달렸다.

"괜찮지 않겠습니꺼. 다른 사람도 아니고 회장님께서 직접 나섰는데요."

기동의 믿음은 신앙 수준이었다.

도수가 나서서 해결되지 않는 일은 없다고 믿는 듯했다.

저벅저벅.

도수가 소란을 피우고 있는 곳으로 걸어갔다.

사람들의 시선이 도수에게로 향한다. 소란스럽던 식당이 갑자기 조용해졌다.

음식을 준비하던 주방장들도, 빈 접시를 나르던 웨이트리스와 웨이터들도, 신랑과 신부 측의 손님들도 모두 먹던 식사를 멈추고 도수를 바라봤다.

식당 안은 기묘할 정도로 조용하다.

JM기업의 조직원들도 식당의 분위기를 감지했다.

그들은 직속상관인 명필에게서 기현의 결혼식에 가서 밥

이나 먹고 오라고 명령받았다.

대신 축의금에 꼭 JM기업의 회장님 이름이 들어가야 한다고 말했다.

그 말은 한 이유는 간단했다.

자신들이 현율 실업보다 윗선이라는 것을 강조한 것이다. 물론 조직원들의 생각도 마찬가지였다.

꽤나 오랜 시간 동안 대치동 파가 가장 윗선이었고, 그 다음이 압구정 파, 마지막이 신사동 파인 셈이었다.

시간이 지나서 신사동 파가 막강한 힘을 가지게 됐지만, 대치동 파는 지금도 그것을 인정하지 않는 것이다.

그렇기에 축의금만 내고 밥을 먹고 오라는 명필의 명령을 무시하고 이렇듯 소란을 피우고 있었다.

내가 이러고 싶은데 니들이 어쩔 거야, 라는 것과도 같았다.

머리가 짧고, 100㎏에 가까울 정도로 덩치가 우람한 두 사내가 큰소리를 내던 것을 멈추고 다가오는 도수를 보았다.

꿀꺽.

자신도 모르게 마른침을 삼켰다.

수백 명이나 되는 손님들이 식당 안에 몰려 있지만 그들의 시선에는 도수밖에 보이지 않았다.

어마어마한 존재감이었다.

JM기업 조직원들이 앉아 탁자까지 도수가 다가갔다.

도수는 그들을 향해서 정중하게 말했다.

"JM기업에서 나오신 분들이시라고요."

JM기업이라는 말이 나오자 조직원들은 다시 어깨에 힘을 주었다.

신랑 측에 있는 사내들 반수 이상이 전 신사동 파 조직원.

자신들보다 한 수 아래라는 생각이 머릿속에서 떠올랐다.

"그래."

자신감을 얻었기 때문일까.

조직원은 대뜸 도수에게 반말로 지껄였다.

그의 반말을 들은 수많은 현율 실업 직원들이 발끈하여 자리에서 일어나려고 한다.

특히 혈기왕성한 신입사원들은 눈에서 불꽃이라도 튀길 것 같았다.

간부들이 급히 말리지 않았다면 그중 누군가는 뛰쳐나가 놈들의 얼굴에 칼집을 내고 말았을 것이다.

그들은 부글부글 끓는 속을 끌어 내리며 상황을 지켜보았다.

"마음에 들지 않는 것이 있으십니까?"

"다! 다 마음에 안 들어, 씨발. 음식도 좆도 맛없고. 어이! 여기 저 여자 불러서 술 좀 따르라고 해."

"여기는 술집이 아니라 결혼식장입니다만."

"니미, 그건 내가 알 바 아니고. 난 축의금 냈고, 즐겁게 먹다 가겠다 이거야, 씨발. 술 한잔 따르라고 하는 게 그렇게 죄야? 앙?!"

조직원의 마지막 소리는 꽤나 컸다.

식당 안에 모두가 들을 수 있을 정도였다.

도수가 아무런 말을 하지 않자 조직원들은 더욱 기고만장해졌다.

그들은 등을 의자에 붙이고 발을 탁자 위에 올렸다.

엄청나게 몰상식한 행동이었다.

그러고는 술을 먹어 벌게진 얼굴로 손을 들어 도수에게 이리 오라며 손가락을 까닥까닥 거렸다.

하마터면 기동도 앞으로 튀어나갈 뻔했다.

유정이 말리지 않았다면 눈이 뒤집혀서 저 천둥벌거숭이들의 목을 부러트렸을지도 모른다.

"저 여자들이 술을 따르지 못하겠다면 너라도 따라 봐. 덩치 좀 크다고 어깨에 힘 좀 주나 본데. 이쪽 바닥에서는 그런 걸로 통하지 않아."

조직원은 도수를 보며 비웃었다.

"술을 따라 드리면 됩니까."

"따라."

조직원은 글라스 잔을 들었다.

도수는 맥주병을 잡았다.

그리고 병따개를 따지 않은 채 그대로 조직원의 머리 위로 가지고 갔다.

조직원의 눈동자에서 긴장이 어렸다.

지켜보던 모든 사람들도 설마, 라는 표정이 역력했다.

도수는 손아귀에 힘을 주었다.

그리 힘을 주지 않았지만 팍 하는 소리와 함께 맥주병이 아귀힘으로 깨져 나갔다.

맥주병은 산산조각이 나며 안에 있던 내용물을 밑으로 쏟아 냈다.

맥주는 조직원의 글라스 잔을 채운 것도 모자라 그의 옷을 모두 적셨다.

뚝뚝뚝뚝.

도수의 손아귀에서 피가 흘러내렸다.

병을 손바닥으로 깼으니 다치지 않을 리가 없었다.

그의 피는 조직원의 얼굴로 떨어졌다.

조직원은 그대로 얼어붙고 말았다. 술이 확 깼는지 눈동자의 초점도 돌아왔다.

다른 조직원도 마찬가지였다. 그는 자신의 눈을 의심할 지경이었다.

도수가 허리를 숙였다. 그의 얼굴이 조직원의 얼굴 가까이에 붙었다.

서로의 눈동자가 거울처럼 자신의 모습을 비춘다.

"더…… 드릴까요."

도수는 낮은 음성으로 말했다.

JM기업의 조직원은 자신이 과연 사람의 목소리를 들었

는지 의심을 했다.

바로 코앞에서 거대한 육식동물이 아가리를 벌리고 울부
짖는 것처럼 느껴졌다.

그는 고개를 가로저었다.

"괘, 괜찮습니다."

"이제 됐습니까? 그럼 탁자에서 다리를 내려 주시지요.
다른 사람들 식사에 방해가 됩니다."

"아, 알겠습니다."

조직원은 급히 다리를 탁자에서 내렸다. 옷에 묻은 맥주
를 털 생각도 하지 못했다.

"그럼 조용히 식사하다 가시길 바랍니다."

그 말을 끝으로 도수는 등을 돌려 자리로 돌아왔다.

조직원들은 도수의 눈치를 보더니 이내 자리에서 일어나
결혼식장을 빠져나갔다.

약 15분 정도가 지나서 신랑인 이기현과 신부인 현민희
가 하객들에게 인사를 하러 내려왔다.

그들은 아무것도 모르고 있었다.

이상하게 분위기도 훨씬 밝아져, 결혼식이 무사히 끝날
수 있었다.

기현과 민희는 모두에게 인사를 하고는 웨딩카에 몸을 싣
고 신혼여행을 떠났다.

도수는 그들이 신혼여행을 떠나는 순간까지 직원들과 같
이 지켜봤다.

도수는 부하 직원들에게 먼저 간다고 말을 하고는 결혼식장을 나왔다.

기동이 피로연에 가자면서 보챘지만, 피곤하다는 말을 하고는 사양했다.

밖으로 나오자 유정이 양손으로 핸드백을 들고 기다리고 있었다.

조금은 더워진 바람이 불며 그녀의 머리카락을 날렸다. 유정은 손을 들어 머리카락을 뒤로 넘겼다.

그 모습이 너무도 아름다웠다.

한 폭에 그림을 연상시켰다.

그녀의 모습을 영원히 간직하고 싶다는 생각이 들어 도수는 핸드폰을 꺼내 그녀의 모습을 찍었다.

밝게 웃는 모습이 화면을 가득 채웠다.

"앗! 오빠, 제 사진 찍었죠!"

그 모습을 본 유정이 도수를 나무랐다.

도수는 웃으면서 그녀에게 다가갔다.

"아니야."

"아니긴, 그거 초상권 침해에요. 이리 줘 봐요."

"아니라니까."

도수는 핸드폰을 머리 위로 올렸다.

유정의 키로는 도수의 손 높이에 닿을 수가 없었다.

팔짝팔짝 뛴다고 하더라도 마찬가지였다.

지쳤는지 유정은 숨을 몇 번 헐떡이더니 미워, 라고 말을 하고는 앞으로 걸어갔다.

도수는 부드러운 미소를 짓고는 그녀의 뒤를 쫓았다.

그들이 가는 길에는 푸른색으로 가득한 가로수가 가득했
다.

도수는 그녀의 아름다운 뒷모습을 보았다. 언제까지고 그
녀의 뒷모습을 바라보고 싶었다.

그들의 머리 위에는 따가워진 햇살이 내리쬐고 있었다.
그렇게 그들은 한없이 앞으로 걸어갔다.

＊　　　＊　　　＊

민수창은 탁자에 앉은 채 소주를 마시고 있었다.

안주는 새우깡 하나가 전부였다. 소주의 잔도 없어서 병
나발을 불었다.

책상 위에는 대표이사 민수창이라고 명패가 놓여 있지만,
대표이사라고 칭하기에는 사무실이 너무 작았다.

네 명이 앉을 수 있는 소파 하나와 복사한 시나리오가 잔
뜩 쌓여 있는 낡은 책상 하나.

그리고 설거지거리가 쌓여 있는 더러운 싱크대가 다였다.

안에서 얼마나 담배를 피워 댔는지 찌든 냄새로 가득했
다.

그는 아침부터 술을 마셔 댔다. 술이 아니고는 제정신으
로 있을 수가 없었다.

한때 잘나가던 매니저였지만, 지금은 끈 떨어진 낙하산 신세였다.

먹고 살기 위해서 하지 말아야 할 짓도 했다.

엔터테이먼트 회사를 차리고 열 명의 연습생들을 받은 뒤 그들에게 각각 500만 원씩을 받고 지방 성인나이트 클럽에서 쇼를 하게 만든 것이다.

그중에는 미성년자가 있었다.

미성년자의 부모가 그것을 알고 발칵 뒤집혔다.

끝내 그는 징역 2년을 받고 감옥에서 지내야만 했다.

출소했을 때는 이미 그는 잊혀진 사람이었다.

같이 이 바닥에 뛰어들었던 동기들은 꽤 잘나가는 매니저가 되어 있었지만, 그는 아무것도 아니었다. 누구도 그를 봐 주지 않았다.

더 이상 그는 공고해진 엔터테이먼트 사업에 뛰어들 수가 없었다.

이미 엔터테이먼트 엄청난 황금알을 낳는 고수익, 고보장 사업이었다.

대기업이 진출했고, 수많은 거대 엔터테이먼트 회사가 존재했다.

그 혼자서 할 수 있는 것은 아무것도 없었다.

그렇기에 이렇게 회사만 차려 놓고 매일 술독에 빠져 사는 것이다.

월세도 밀려서 원금은 모두 까먹었다. 이번 달만 지나면 쫓겨날 판이었다.

이곳에서 쫓겨나면 그는 알거지 신세가 된다. 노숙자로 전락할지도 몰랐다.

이건 모두 이미수 그년 때문이다.

기껏 키워 놓았더니…… 기껏 키워 놓았더니.

"씨발 년. 더러운 년. 온갖 추잡한 짓은 모두 나한테 시켜 놓고, 뭐? 나 때문에 자신이 뜨지 못했다고? 지랄하네. 나 아니었으면 지가 무슨 수로 반현우 감독 영화에 출현해. 개 같은 년. 두고 보자. 다른 사람은 모두 널 용서해도 나는 용서 못한다."

그는 다시 소주병에 입을 대고서 벌컥벌컥 마셨다. 입술에서 소주가 흘렀다.

그는 손등으로 그것을 닦아 냈다. 눈이 벌겋게 달아올라 꽤나 취한 듯 보였다.

쿵쿵쿵―

누군가 문을 두드렸다.

조심스럽게 문을 두드리는 것이 아니라 무척이나 거칠게 두드린다.

수창은 깜짝 놀랐다. 이 시간에 이곳을 찾아올 사람은 건물 주인밖에 없었다.

하지만 건물주는 어제 만났다.

반드시 이번 달 말까지 밀린 월세를 갚겠다고 약속을 하지 않았던가.

최소한 이번 달 말까지는 나타나지 않을 것이다.

그렇다고 이런 허름한 사무실에 찾아올 연습생은 없었다.

인터넷에 홈페이지를 만들어 놨기에 종종 전화가 오기는 했지만, 소문이 퍼졌는지 이제는 걸려 오는 전화는 없었다.

그렇다면 남은 건 사채업자들.

사무실을 오픈하는 데 돈이 모자라 700정도를 사채업자들에게 끌어다 썼는데, 그것을 갚지 못했다. 지금은 2천만 원 이상까지 불어난 상태였다.

물론 갚은 능력은 요원하다.

그들에게 전화만 오면 가슴이 벌렁벌렁 뛰고 당장이라도 건물 옥상에서 뛰어내리고 싶었다.

그리고 얼마 전부터 그들이 사무실로 찾아오기 시작했다.

"어쩌지? 어쩌지?"

술이 확 깨는 느낌이었다.

그는 전화기를 재빠르게 끄고 책상 밑에 숨어서 숨을 죽였다.

그들이 갈 때까지 버틸 속셈이다. 사채업자들은 무지막지한 놈들이다.

돈을 받기 위해서는 무슨 짓이라도 한다.

물론 돈을 갚는다면야 상관이 없지만, 갚지 못하면 지옥과도 같은 미래가 기다리고 있으리라.

쾅쾅쾅—

계속 거칠게 문을 두드린다.

쾅쾅쾅—

그들은 약 5분간 문을 두드리더니 조용해졌다. 그동안 수창은 숨도 제대로 쉬지 못했다.

"갔나?"

수창은 책상 밑에서 나와 고개를 빼꼼히 들었다.

밖에서 인기척이 들리지 않는 것 같다.

"휴, 씨발."

그는 다시 자리에 앉았다. 남아 있던 술을 다시 마셨다.

주르륵.

괜스레 눈물이 나왔다. 이런 인생 살아서 무엇 하나 싶었다.

차라리 죽어 버릴까.

그렇지만 자신이 없었다.

이렇게 죽기에도 억울했다.

이미수 이년이 승승장구를 하고 있는 모습을 보고 있자니 배알이 꼴려서 미쳐 버릴 것만 같았다.

쾅!

갑자기 문이 박살이 났다.

깜짝 놀란 수창은 들고 있던 소주병을 바닥에 떨어트리고 말았다.

소주병은 산산조각이 나고 말았다.

부서진 문 사이로 세 명의 사내가 들어왔다.

한 명은 180㎝정도 되는 건장한 키에 날카로운 눈매를 하고 있었다.

마치 잘 벼린 검을 보고 있는 듯한 느낌이 들었다. 그의 옆으로 두 명의 사내가 나타났다.

그들은 먼저 들어온 사내들보다 조금 작은 키였다. 겨우 170cm가 될까 말까 한다.

하지만 그들에게서는 섬뜩함을 느꼈다.

술이 취해 있는 상태에서 피비린내를 맡았다.

그들과 눈을 마주칠 수도 없었다.

수창은 그들이 기현과 리영춘, 고기만이라는 것을 알 수 없었다.

"여깁니다, 회장님."

기현이 주위를 돌아보며 말했다.

그러자 문 바깥쪽에서 거구의 사내가 모습을 드러냈다. 그가 나타나는 순간 수창은 뒤로 넘어질 뻔했다.

앞에서 봤던 사내들과는 차원이 다른 기운을 내뿜고 있었다.

거대하고 사나운 무엇인가가 자신을 덮치는 착각을 일으켰다.

이들은 사채업자가 아니다, 라는 것을 한눈에 알아차렸다.

일단 입고 있는 옷부터 달랐다.

사채업자들이 아무리 고급 옷을 입는다고 하더라도 저런 분위기를 풍기지 않는다.

싸구려 티가 난다고 할까. 시골에서 상경한 할머니가 명품 가방을 들고 있는 느낌이었다.

하지만 저들은 그렇지 않았다.

고급 정장을 입고 있는 것이 무척이나 잘 어울렸다.

그렇다면…… 저들은 사채업자가 아니다.

장담하지만 저들은 사채업자들보다 훨씬 무서운 사람들일 것이다.

수창은 자신의 머릿속을 헤집어 보았다.

기억 속에 저런 자들과 연관이 되어 있던 일들이 있는 알아보기 위함이었다.

그러나 그의 기억 속에는 저런 사내들과 알고 지낸 경험이 전혀 없었다.

도수가 그에게 다가갔다.

엄청난 위압감을 뿜어 대는 사내가 다가오자 수창은 자신도 모르게 자리에서 일어나 뒷걸음질을 쳤다.

"당신이 민수창인가."

도수가 물었다.

"다, 당신 뭐야. 이, 이거 불법침입이야."

수창이 더듬거리며 말했다.

무슨 말을 해서라도 이 위기에서 벗어나고 싶었지만 그가 할 수 있는 말은 겨우 그것뿐이었다.

"민수창이가 맞나."

도수가 다시 물었다.

"마, 맞소. 당신들 누구냐니까!"

수창이 버럭 소리를 질렀다.

누군가가 밖에서 자신의 목소리를 듣길 원하면서.

"시끄럽다. 회장님, 이자가 맞습니다."

기현은 프린터를 해서 가지고 온 사진을 도수에게 건네주었다.

도수는 프린터를 받아서 찍힌 사진과 수창을 비교했다.

"사진하고 조금 다른 것 같은데?"

"어디가요? 아, 보다시피 고생 좀 했을 겁니다. 좀 삭았네요."

고개를 끄덕인 도수가 겁에 질려서 바들거리는 수창을 이리저리 살펴봤다.

"민수창, 나이 43세. 전 이미수 매니저. 맞나?"

도수가 물었다.

수창은 벽에 등을 기댄 채 눈동자를 이리저리 굴렸다. 아무래도 자신을 해치러 온 것 같지는 않았다.

수창은 조심스럽게 고개를 끄덕였다.

본인임을 확인한 도수는 들고 있던 프린트를 주머니에 넣었다.

그리고는 수창에게 뚜벅뚜벅 걸어갔다.

단순히 그가 다가올 뿐인데 수창은 심장이 심하게 떨렸다. 도망칠 수만 있다면 창문을 열고 뛰어내리고 싶은 심정이었다.

하지만 그의 입에서 나온 말은 전혀 의외의 것이었다.

"우리와 일 한번 같이 해 보지 않겠소?"

*   *   *

"하하, 살다 보니까 이런 일도 있구만."

수창은 자신의 어깨 정장 위에 놓인 먼지를 손으로 털어 냈다.

이렇게 좋은 정장을 입어 본 적은 처음인 듯싶었다.

그는 며칠 전에 있었던 일을 머릿속으로 떠올려 보았다.

거구의 사내는 현율 실업 회장이었다.

사실 현율 실업이 뭘 하는 곳인지 그는 알지 못했다.

알고 보니 강남에서 꽤 잘나가는 중소기업으로서, H—시큐리티와 H—리츠를 운영하고 있었다.

가장 놀라운 것은 현율 실업의 전신이 된 것이 바로 한때 강남 바닥을 피로 물들였던 신사동 파라는 것이었다.

특히 신사동 파의 회장은 야차와 같은 자로 혼자서 수십 명이나 되는 압구정 파 조직원들을 쓰러트렸다고 한다.

사실 자신과 관계가 없는 이야기라고 생각했기에 크게 신경을 쓰지 않았다.

그런 이야기가 있었는지도 잊어버리고 있었다.

하지만 그 소문의 주인공이 자신을 직접 찾아와 스카우트를 할 줄이야.

물론 밑바닥까지 추락한 자신에게 바라는 것이 있을 것이다.

눈치가 빠른 수창이 그것을 모를 리가 없었다.

그것은 바로 탑배우 이미수, 즉, 지금의 미나를 영입하는 것이다.

어떤 식으로 영입을 하든지 상관이 없다고 하였다.

밑바닥에 있는 미나를 영입해도 되고, 현재의 미나를 영입할 수 있으면 해도 된다고 하였다.

전쟁으로 치면 살려서만 데려와라, 라는 말과도 같았다.

지금 미나는 최고의 자리에 있다고 해도 과언이 아니다.

그런 탑배우를 신생 엔터테이먼트 회사가 영입할 수 있을 리가 없었다.

또한 현재의 소속사가 놓아 줄 리도 만무했다.

있다면 단 하나.

연예인은 대중의 인기를 먹고 사는 존재.

대중에게 잊혀지면 연예인은 실업자가 된다. 아니면 대중에게서 빗발친 비난을 받든지.

수창은 빙그레 미소를 지었다.

만약을 대비해서 가지고 있던 미나의 과거 행적들이 이렇게 쓸모가 있게 될 줄이야.

사실 그가 가지고 있는 것은 엄청난 시한폭탄이었다.

만에 하나 그것을 가지고 있다는 것을 미나의 스폰서들이 안다면 수창은 죽은 목숨이나 마찬가지였다.

그렇기에 귀중한 자료를 가지고 있어도 쓸 수가 없었다.

하지만 이제 그에게도 현율 실업이라는 든든한 보호막이 생겼다.

중소기업이지만 그들이 가진 힘은 무시하지 못한다. 최소한 강남 바닥 안에서는……

수창은 고개를 들고 M방송국을 보았다.

오래간만에 와 보는 방송국.

이미 그는 모든 사람들에게 잊혀졌을 테지만, 이제는 화려하게 부활한다.

"자, 이제 한번 가 볼까."

그는 방송국 안으로 들어갔다. 로비부터 사람들이 북적거렸다.

대부분이 카드를 찍고 들어갔다.

그도 예전에 받은 임시 카드가 있었지만 지금은 아니었다. 그렇기에 안으로 들어가기가 애매했다.

잠시 주변을 훑어보던 수창은 알던 사람을 발견했다.

역시 이 바닥은 좁다.

아는 사람을 만나기란 서울 시내에서 김씨를 찾는 것처럼 쉬웠다.

"이 피디님 안녕하십니까."

수창은 일부러 목소리를 높여서 이 피디란 사내에게 다가갔다.

이 피디는 예능 피디로서 꽤나 이름이 있는 자였다.

미나도 그의 예능 프로에서 데뷔하기도 했다.

그렇기에 얼굴을 모를래야 모를 수가 없었다.

이 피디는 수창을 보더니 잠시 당황하는 표정을 지었다.

왜 당신이 이곳에 있어, 라는 표정이었다.

조금은 속이 뒤틀리지만 웃는 얼굴을 지우지 않는 수창이었다.

이 바닥에서 자존심이란 없었다.

방송국은 울트라 갑이었고 자신과 같은 일개 매니저는 을 중에 을이나 마찬가지였다.

그들이 자신들의 똥구멍을 빨라고 한다면 웃으면서 빨 수 있을 정도는 돼야 이 바닥에서 버틸 수가 있었다.

"어이고, 민 매니저. 오랜만이네."

그래도 옛정이 남아서인지 이 피디는 그를 모른 척하지 않았다.

수청은 그가 내미는 손을 허리를 숙이며 잡았다.

"그런데 어쩐 일이야."

다음 말은 아마도 방송계에서 떠난 것 아니었나, 였을 것이다.

"아, 일단 여기."

명함에는 H—엔터테이먼트 치프 매니저 민수창이라고 또렷하게 박혀 있었다.

"H—엔터테이먼트? 처음 듣는 곳인데……."

"아, 현율 실업이라고 들어 보셨습니까?"

"처음 들어 보는데."

"하하, 그러시겠죠. 요즘 한창 뜨고 있는 기업인데요. 그쪽에서 새로운 사업 아이템을 내놨거든요."

"그게 엔터테이먼트 회사다?"

"네."

"뭐, 이것 참. 이쪽 바닥이 우습게 보이나. 개나 소나 다 엔터테이먼트를 하겠다고 나서니 원."

이 피디는 혀를 찼다.

물론 그런 말을 들었다고 기분 상할 민수창이 아니었다.

그는 이 피디와 함께 안쪽으로 들어갔다. 덕분에 출입 카드 없이 안에 들어갈 수가 있었다.

앞에서 경비를 서는 건장한 사내들도 민수창을 막지 않았다.

그는 이 피디와 영양가 없는 말을 몇 마디 더 나누고는 헤어졌다.

"자, 그럼 우리 공주님께서 몇 층에 계시더라."

수창은 비릿하게 웃으면서 미나가 있는 곳을 찾았다.

오늘 미나는 새로 개봉하는 영화를 홍보하기 위해서 토크쇼에 출현하기로 되어 있었다.

7년 만에 그녀를 만날 생각을 하니 은연중에 흥분이 된다.

며칠 전까지만 하더라도 그녀를 보게 되면 얼굴에 황산이라도 뿌리고 싶다는 강렬한 욕망을 느꼈었지만 지금은 아니었다.

그녀를 장난감처럼 다루고 싶었다.

어린아이가 마구 가지고 놀아서 팔다리가 뜯겨져 쓰레기통에 들어가는 그때처럼.

수창은 연예인 대기실 앞에 섰다. 앞에는 미나 님 대기실이라고 친절하게 적혀 있었다.

안쪽에서 여성들의 웃는 목소리가 밖에까지 들렸다.

그 정도 톱스타가 되었으니 꽤나 많은 인원들이 붙어 있을 것이다.

어차피 밑바닥부터 시작한다.

거칠 것도 없었다.

물론 그녀의 숨통을 쥐고 있는 것도 그였다. 그녀를 꿈에도 모르고 있을 테지만.

똑똑—

수창은 대기실 문에 노크를 했다.

안에서 들어오세요, 라는 소리는 들리지 않았다.

그런데도 수창은 대기실 문을 열고 안으로 들어갔다. 톱스타의 대기실이라 그런지 무척이나 넓었다.

예전과는 비교도 할 수 없는 넓이.

두 개의 탁자 위에는 상당한 양의 음식들이 쌓여 있었고, 여섯 명이나 되는 코디네이터와 매니저들이 미나를 둘러싸고 있었다.

그녀의 비위를 맞추기 위해 말 잘 듣는 강아지처럼 아양을 떨고 있는 것이 보인다.

수창은 그녀를 보며 손을 흔들었다.

"여, 미나, 오랜만이야."

수창을 본 미나의 얼굴이 종잇장처럼 구겨졌다. 마치 못 볼 것을 봤다는 표정이었다.

주변에 사람들만 아니었다면 당장에 욕설부터 나갔을 것이다.

"여긴 어쩐 일이죠?"

미나는 날카롭게 발톱이 선 말투로 물었다.

"어쩐 일이긴. 이 바닥에 다시 복귀를 했으니 복귀 신고를 해야지. 내가 가장 복귀 신고를 하고 싶었던 사람이 바로 우리 미나거든."

"그 입…… 아니, 잠깐만 모두 나가 있어 줄래?"

미나는 주변을 돌아보며 사람들에게 말했다.

사람들은 미나와 수창을 번갈아 쳐다보더니 조용히 문 밖으로 나갔다.

문이 닫히자 미나의 본성이 드러났다.

"뭐야, 당신. 이 바닥 떠난 것 아니었어? 코흘리개 애들 돈 뺏어 먹다가 감방 간 걸로 알고 있었는데."

미나는 목소리를 낮추고는 사납게 말했다.

"그래, 아주 잘— 갔다 왔지. 누구 덕분에."

"나 때문이라고 말하고 싶은 거야? 웃기는 소리하네. 그건 모두 당신이 무능력하기 때문이야, 알아? 당신만 아니었다면 7년이나 무명 세월로 보내지 않았을 거라고."

"야, 말을 바로 하자. 니년이 정말 노력을 했다고 생각해? 니년, 돈만 주면 가랑이를 쭉쭉 벌렸잖아. 스폰 받으려고 혈안이 되서는. 실력은 쥐뿔도 없으면서 노력은 안 하고 돈만 밝히니 잘될 리가 있냐."

"무슨 개소리야! 좋은 말할 때 꺼져. 다시는 내 눈앞에 나타나지 말고. 이건 경고야!"

미나의 목소리가 높아졌다.

수창을 바라보는 그녀는 눈빛으로도 사람을 잡을 수 있을 것 같았다.

"잘 생각해 봐. 네년 뒤치다꺼리 모두 한 것도 나야. 스캔들 터지지 않게 하려고 사방팔방으로 뛰어다닌 것도 나고, 네년이 알거지가 됐을 때도 끝까지 남아 있던 것도 나야. 내가 아니었으면 네가 반현우 감독 영화에 캐스팅이 됐을 거라고 생각해?"

"……."

미나는 아무런 말을 하지 않았다. 그저 매섭게 수창을 바라볼 뿐이었다.

그녀의 과거를 알고 있는 유일한 인물이 그. 어떤 남자도 그보다 그녀의 과거를 잘 알지 못했다.

"돈을 바라?"

"아니."

"그럼 나한테 뭘 바라지?"

"별거 없어. 우리 다시 한 번 호흡을 맞춰 볼까? 나하고 배꼽도 꽤나 맞춰 봤잖아."

"미친 새끼. 당장 꺼져! 죽여 버리기 전에."

수창은 미나에 대해서 아주 잘 안다.

그녀는 겁이 많다.

상대가 약하게 나가면 더욱 날뛰는 타입이다.

반면 상대가 강하게 나가면 금방 꼬리를 말고 두려운 눈동자로 쳐다본다.

그에게 미나만큼 다루기 쉬운 여자는 없었다.

수창은 지갑에서 명함을 한 장 꺼냈다. 그러고는 그녀의 가슴골에 명함을 꽂아 넣었다.

"삼 일 안에 연락해. 계약이건 뭐건 나중에 얘기할 문제고, 나랑 일할 의사가 있는지 확인만 하면 되니까. 삼 일이야."

그 말을 끝으로 수창은 등을 돌렸다.

그의 등 뒤에서 미친 새끼, 라는 말과 함께 명함을 쫙쫙 찢는 소리가 들렸다.

수창은 잠시 멈칫거렸다.

뒤를 돌아보지도 않았다.

그의 입술은 비릿하게 미소를 짓고 있었다. 그는 그대로 대기실 밖을 나왔다.

수창은 그렇게 삼 일간 그녀의 전화를 기다렸다.

당연히 전화는 오지 않았다.

알고는 있지만 혹시나 하는 마음도 없지 않았었다. 이제 미련을 버릴 때다.

며칠 후 전국을 뒤흔든 엄청난 일이 대한민국에서 터지고 말았다.

국민배우 미나 섹스 스캔들.

7.

여왕의 추락

CITY OF
WILD BEAST

대선보다, 원전 비리보다, 올림픽보다, 광풍을 몰아치고 있는 최단기간 천만 관객의 영화보다…… 더욱 엄청난 이슈를 몰아치고 있는 사건은 단연 미나의 섹스 스캔들이었다.

한마디로 그 후폭풍은 엄청났다.

정말 그 동영상이 미나가 맞냐, 라는 반론도 거셌다.

미나의 소속사에서는 이런 말도 안 되는 동영상을 퍼트린 유포자를 찾아서 반드시 크게 응징하겠다고 연신 떠들어 댔다.

물론 그 동영상에 나오는 인물이 미나가 아니라고 말했다.

아무리 봐도 미나 같지만, 본인과 소속사가 강력하게 부정을 하고 있는 입장이라 결론이 날 때까지 언론에서는 조심스러운 입장이었다.

대한민국을 뒤흔들 만큼 커다란 충격이었지만 아직 미나는 건재했다.

"어쩔까요, 회장님?"

수창이 조심스럽게 도수에게 물었다.

도수는 소파에 앉아서 무엇인가 골똘하게 생각을 하고 있었다.

그가 예상했던 것만큼 파장이 왔다.

하지만 기획사의 후속 조치가 생각보다 훨씬 뛰어났다.

하긴 대한민국을 대표하는 엔터테이먼트 회사니 이런 경우에 대비해서 매뉴얼을 작성해 놓고 있었을 것이다.

뭐, 그렇다고 하더라도 크게 변한 것은 없다. 늦든, 빠르든 그녀의 추락은 기정사실이니까.

수창과 계약을 하게 된 것은 서로에게 윈윈이 된다.

현율 실업은 무지막지한 공격적인 투자로 인해서 직원 수가 300명 가까이 늘어난 상태였다.

도수가 있는 5층짜리 건물이 직원들로 인해서 포화 상태라 H—리츠는 땅값이 싼 임대 건물로 이주를 해야 했다.

또한 H—시큐리티 역시 성장에 성장을 거듭해서 서울 시내 여섯 구까지 지역을 넓힌 상태였다.

대기업이라는 몸집을 가진 공룡들이, 날카롭게 간 이빨을 가진 작은 공룡에게 넘어간 형국이었다.

남은 지역이라도 보존하기 위해서 대기업들은 물량 공세

를 퍼부었지만, 이미 상승세를 탄 H—시큐리티의 확장을 막을 수는 없었다.

3년 안에 대한민국 정상에 우뚝 서게 될 보안 회사는 H—시큐리티다, 라는 말이 혹자에게서 나올 정도였다.

가장 주목할 점은 그들의 밑바탕은 조직폭력배들이라는 것이다.

한번 수가 뒤틀리면 어떻게 나올지 모르는 사나운 늑대와 같은 존재들.

수창은 그런 자들에게 비호를 받고 있었다.

수창은 자신을 보호해 주는 현율 실업을 등에 업고 마음껏 자신의 능력을 보여 줄 수가 있었다.

"동영상은 몇 개나 있지?"

도수가 물었다.

"네 개가 더 있습니다. 도합 다섯 개지요."

"다섯 개라…… 많기도 하군."

"다섯 개지만 상대는 두 명입니다. 이번에 유포한 것이 가장 화질이 좋지 않고요."

"유포는 어디다 했나?"

도수는 고개를 돌려서 기현에게 물었다.

"중국입니다. 직접 CD를 가지고 가서 현지 해커에게 의뢰했습니다. 죽었다 깨어나도 한국에서는 알지 못합니다. 혹여 안다고 하더라도 중국에서 누가 올렸는지 알아내지 못할 겁니다."

기현이 답했다.

"미나의 현재 상황은 어떻다고 판단을 하나?"

이번에는 수창에게 물었다.

"타격은 거의 없을 겁니다. 그래도 아예 없다고는 할 수 없습니다. 대부분의 사람들은 믿지 않겠지만 그래도 믿는 사람은 있을 테니까요. 그녀에게 약간의 부정적인 이미지가 심어진 것도 사실이고요. 하지만 약간의 휴식기를 가지면 언제 그랬냐는 듯이 그는 다시 화면에 나올 겁니다. CF퀸으로서는 공고하고요."

"잽이 아니라 카운터 펀치가 필요하다는 소리군. 내가 동영상을 볼 수 있나?"

"그, 그건."

수창은 말을 얼버무렸다.

그에게 가장 큰 무기라고 할 수 있는 것이 미나의 동영상이었다.

최후의, 최후까지 자신만이 가지고 있어야 한다. 그렇지 않으면 자신은 쓸모가 없어질 것이라 여겼다.

수창이 당황한 모습을 보이자 도수가 말을 바꿨다.

"화끈하게 한 방 터트리지. 이번에 올릴 동영상은 어떤 것으로 할지 정했나?"

"예."

도수가 자신을 이해해 줬다고 믿는 수창이었다. 그는 한숨을 쉬고는 대답했다.

"그것은 볼 수 있나?"

"예, 이겁니다."

수창은 핸드폰에 저장해 두었던 동영상을 열어서 도수에게 보여 주었다.

—아아아악, 아악, 좋아. 좀 더 해 줘. 조금 더.

낯 뜨거운 신음 소리가 회장실에 울렸다.

도수조차 헛기침을 하면서 눈살을 찌푸릴 정도였다.

동영상에서는 지금보다는 조금 더 어려 보이는 미나가 실오라기 하나 걸치지 않고 있었다.

대낮에 촬영을 했는지 그녀의 얼굴과 중요 부위가 적나라하게 드러났다.

그녀뿐만이 아니었다.

상대편 남자의 얼굴도 모두 보였다. TV에서 꽤나 많이 봤던 인물.

지금도 TV를 켜면 광고건 드라마건 가리지 않고 나왔다.

즉, 그 사내도 꽤나 얼굴이 알려진 인물이라는 뜻이었다.

"이 사내는 누구지?"

"스티브 성이라는 잡니다. 재미교포로 훤칠한 키와 뚜렷한 이목구비로 몇 년 전부터 스타로 뜬 자입니다."

"괜찮은 사내인가?"

"아닙니다. 그놈의 컨셉이 젠틀입니다. 컨셉답게, 젠틀하게 행동하고 움직이죠. 뭐, 소속사가 다 알아서 하는 거지만. 하지만 놈은 본래 무척이나 여자를 밝힙니다. 사사로운 자리에서는 한국 여자를 마음껏 맛보기 위해서 한국에 왔다고 말을 할 정도입니다. 겉모습은 한국인이지만 속은 외국인이나 마찬가지죠."

"그럼 놈에게 피해가 좀 가도 상관이 없겠군."

"없습니다. 이런 놈이 연예계의 수두룩하다는 것이 답답할 노릇이죠. 사람들은 눈으로 보는 것만 믿으니까요."

"그래도 남자는 눈을 가려서 올려. 어차피 우리가 원하는 건 미나지, 이놈이 아니니까."

도수는 기현을 바라봤다.

"저희가 드러나지 않게 하려면 일주일 정도 필요합니다."

"좋아, 실행해."

"알겠습니다."

도수의 명령이 떨어졌다.

연예인은 국민의 사랑을 바탕으로 부와 명예를 얻는다.

그런 국민을 기만하거나 배신한다면 응분의 대가를 치러야 한다.

특히 미나처럼 국민들의 전폭적인 지지를 받는 배우라면 더할 터.

도수의 명령이 떨어진 지 일주일 뒤.

대한민국은 다시 한 번 충격에 휩싸였다.

*　　　*　　　*

연예인은 일반인과는 차원이 다르게 엄청난 부와 명예를 축적할 수가 있다.

자고 일어나니 스타가 됐어요, 라는 말이 꽤나 많은 수로 현실이 되기도 한다.

믿음이 컸기 때문일까.

미수는 하루아침에 국민 역적이 되고 말았다.

언제나 그녀의 든든한 아군이 되어주던 팬클럽 '끼에로'도 미수를 증오하는 클럽으로 바뀌었다.

모든 것이 미수에게 좋지 않았다.

광고도 모조리 잘렸으며, 크랭크 인 예정 중이던 영화에서도 하차를 했다.

모든 것이 리셋이 되고 만 것이다.

그뿐만이 아니었다.

본래 그녀가 속해 있었던 소속사도 계약 위반을 들어서 계약을 해지한 후 거액의 소송을 진행시켰다.

어제까지만 하더라도 입안에 혀처럼 굴던 사람들이 얼굴을 바꿔 그녀를 비난했다.

눈을 가렸지만, 인터넷에 의해 정체가 드러난 스티브 성은 미국으로 도망을 갔다.

어차피 그의 재산은 미국에 고스란히 있으니 손해 볼 것은 거의 없었다.

있다면 강남에 있던 고급 아파트 한 채랄까.

어쨌든 한국에서 골치 아픈 것보다 미국으로 피신을 하는 것이 나을 것이라 생각한 모양이었다.

덕분에 모든 언론의 관심은 미수에게 쏟아졌고, 그녀는 오갈 데 없는 신세가 되고 말았다.

미수는 예전과도 비교도 되지 않는 80평 규모의 주상복합 아파트에서 살고 있었다. 그녀는 일체 전화도 받지 않고, 밖으로 나가지도 않았다.

경비에게 부탁해서 일체 누구도 올라오지 못하게 했다.

쭈르르륵.

미수는 양주를 글라스 잔에 따랐다.

글라스 잔에 반까지 채운 후 그대로 목구멍으로 들이켰다.

술을 먹지 않고서는 제대로 잠을 잘 수가 없을 지경이었다.

"이건 말도 안 돼! 나는 국민배우 미나라고! 대배우 미나가 겨우 과거 일에 발목을 붙잡힌다는 것이 말이 돼?!"

미나는 먹던 글라스 잔을 벽에 내던졌다.

잔은 챙그랑 소리를 내며 산산조각이 나서 바닥에 떨어졌다.

보통 때라면 그것을 치워 줄 매니저나 코디네이터가 있었을 테지만, 지금은 아무도 없었다.

이 넓은 오피스텔 안에는 오직 그녀 혼자뿐.

"도대체 누가! 도대체 어떤 새끼가 그런 동영상을 가지고 있는 거야! 나한테 왜 그러는 거냐고!"

미나는 절규했다.

자신의 손아귀에서 놀던 부귀영화가 모조리 물거품이 돼서 사라졌다.

잡으려고 하지만 거품 비누처럼 허공으로 떠올라 터져 버린다.

이제는 어떤 누가 온다고 하더라도 그녀를 본래대로 복귀시킬 수가 없었다.

설사 대한민국 최고의 기업이라고 할 수 있는 S사의 회장을 스폰서로 얻는다고 하더라도…….

국민의 정서가 그녀를 용서하지 않을 테니 말이다.

딩동—

누군가 아파트의 벨을 눌렀다.

그녀는 고개를 들었다. 이곳은 아무나 엘리베이터에 오르지 못한다.

1층부터 5층까지는 백화점이었고, 6층은 고급 피트니스 클럽이다.

7층부터 주민들이 살지만, 6층부터 건장한 경비원들이 출입을 통제했다.

괜히 관리비를 300만 원이나 내는 것이 아니다. 사생활에 대해서 철저히 보장을 받기 위해서였다.

당연히 누군가 벨을 눌러서는 안 된다.

미나는 비틀거리면서 일어났다.

그녀는 현관으로 가 누구세요, 라고 물었다.

밖에서는 나야, 라는 대답이 들려왔다.

"내가 누군데."

"나라니까, 세상에서 오직 하나뿐인 네 편."

미나는 현관문을 열었다.

만약 정신이 말짱했더라면 문을 열지 않았을 것이다.

너무도 지치고 술에 취해 있었기에 자신의 편이라는 말만 듣고 그녀는 문을 열어 주고 말았다.

문이 열리자 수창이 안으로 들어왔다.

그보다 그의 뒤편에 서 있는 사내에게 눈길이 간다.

엄청나게 키가 큰 사내가 서 있었다.

그의 얼굴을 보자 자신도 모르게 양팔로 몸을 감싸는 미나였다.

그를 보고 있자니 오한이 절로 온몸을 감쌌다.

어디선가 본 적이 있던가?

아니다. 저런 남자는 결단코 그녀의 인생에서 본 적이 없었다.

그런데도 이 느낌은 무엇일까.

수창이 바라보는 눈빛보다 저 사내의 눈빛이 훨씬 익숙했다.

그 익숙한 눈빛은⋯⋯.

무척이나 무서웠다.

"하이, 우리 국민 배우 미나 님! 와우, 대단하게 해 놓고 사는구만. 정말 서프라이즈해."

"당신, 어떻게 들어왔어."

미나는 금방이라도 터질 것 같은 눈빛으로 수창을 바라봤다.

"어떻게 들어오긴 엘리베이터 타고 올라왔지."

"내가 지금 말장난할 기분으로 보여?!"

미나는 소리를 빽 질렀다.

그런 미나를 보며 수창은 어깨를 으쓱거렸다.

그리고는 도수를 바라보았다.

이야기해도 되냐고 묻는 눈치였다. 도수는 고개를 끄덕였다.

"여기 경비원들이 우리 회사 소속이거든."

"우리 회사?"

"응, H─시큐리티라고 들어는 봤지? 여기 덩치 큰 경비원들이 H─시큐리티 소속 직원들이라고. 과연 비싼 아파트야~ 몸값 비싼 H─시큐리티 소속 직원들을 경비원으로 쓰고 말이야. 아참, 그리고 여기 계신 분은 우리 회사 회장님이시고."

"회장님……."

"맞아. H─시큐리티뿐만 아니라 현율 실업 회장님이기도 하지."

현율 실업이라.

H─시큐리티는 들어 본 적이 있다.

하지만 현율 실업은 들어 본 적이 없었다.

들고 보니 H—시큐리티가 현율 실업의 자회사인 듯했다.

어쨌든 키가 큰 사내는 꽤나 돈 좀 있고 대단하다는 소리였다.

재벌 3세와도 질리게 엮였지만, 한번도 본 적이 없는 얼굴이었다.

자수성가를 했단 말일까.

두려움은 호기심으로 변해 갔다. 호기심으로 변하자 무서움이 수그러들었다.

고양이처럼 앙칼지던 그녀의 목소리가 조금씩 정상으로 돌아왔다.

"그래서 나한테는 왜 왔는데."

"너한테는 악몽이지만, 우리한테는 기회라서."

"무슨 소리야."

"저번에 너한테 찾아갔었잖아. 나와 다시 일해 볼 생각 없냐고. 내가 준 명함 안 봤어?"

"……."

미나는 대답하지 않았다.

보지 않았기에 마땅한 말도 떠오르지 않았다.

그럼에도 수창을 향해서 날선 모습은 보이지 않았다.

그가 무슨 말을 할지 빤하기 때문이었다.

모두가 자신에게 등을 돌린 상태에서 이들만이 동아줄이 되어줄 것만 같았다.

"우리 회장님께서 새로운 사업을 시작하셨거든. 빰빠라~

밤, 무엇일까요? 미나의 생각이 맞습니다! 바로 엔터테인먼트 사업. 현율 실업의 새로운 자회사인 H—엔터테인먼트입니다. 자, 다시 명함."

수창은 입술 한쪽 끝을 올리며 지갑에서 명함을 꺼내 미나에게 주었다.

명백히 비웃음이었지만, 술에 얼큰하게 취해 있는 그녀는 그것을 알지 못했다.

미나는 명함을 들고 앞뒤로 살폈다.

저번과 별다른 것이 없었다.

"그래서 나보고 어쩌라고."

"너도 나락으로 떨어지고 싶지 않잖아? 달콤한 꿀맛을 안 벌이 꿀을 먹고 살아야지, 흙을 먹고 살 수 있겠어? 우리가 도와줄게. 계속 여왕벌로서 살아갈 수 있게."

"계약을 하잔 소리야?"

"빠라빠라빠라바. 빙고!"

수창은 방정맞게 소리쳤다.

예전에도 그런 면이 없지 않았지만, 지금은 더욱 심해진 것 같았다.

사람들은 그런 수창의 언변에 정신없이 끌려가기도 한다.

한번 화술이 말려들면 자신이 무엇을 하는지도 모르고 돈을 내놓을 때가 많았다.

미나가 생각하기에 수창은 매니저라기보다는 사기꾼에 가까웠다.

하지만 정말로 의외였다.

감옥이나 들락거리던 놈이 어디서 저런 굉장한 놈을 물었을까.

미나는 산전수전을 겪은 여자다. 남자도 겪을 만큼 겪었다.

그렇기에 척 보는 순간 어느 정도 사이즈가 나오는 것이다.

그가 보기에 현율 실업의 회장은 고목과 같은 사내였다.

어지간해서는 부러지지 않는 그런 고목 말이다.

"잘 생각해 봐. 우리는 신생 기업이야. 임팩트가 필요하다고. 너를 영입하는 것만으로도 우리 H—엔터테이먼트는 단박에 유명 기업이 될 거야. 우리는 위명을 등에 업고 새로운 사업에 발을 디딜 거고."

"그럼 나는?"

"너는 뭐?"

"나에게는 무엇을 해 줄 거냐고."

"당연히 원상복구시켜 줘야지! 우리와 계약을 하는 순간 너는 예전의 부귀영화를 그대로 누릴 수가 있을 거야! 단, 예전처럼 돈을 물 쓰듯 하지는 못해. 왜냐고? 우리는 너의 이미지를 본래도록 돌려놓기 위해서 무지막지한 돈을 쓸 거든."

"얼마나 걸리는데?"

"얼마라……."

말문이 막힌 수창은 다시 도수를 바라봤다.

미나는 그런 그들의 행동을 유심하게 살펴봤다.

말은 수창이 하지만 결정권자는 도수라는 것을 확실히 알았다.

"2년입니다."

도수가 입을 열었다.

그의 목소리는 너무도 중후해서 아파트 안을 가득 메웠다. 이토록 낮은 음성은 미나도 들어 본 적이 없었다.

"2년이요?"

미나가 되물었다.

"그렇습니다. 2년 안에 당신을 제자리로 돌려놓겠습니다."

미나는 잠시 생각에 빠졌다. 그리고 안쪽으로 걸어 들어가며 말했다.

"일단 안으로 들어오세요. 서서 할 얘기는 아닌 것 같군요."

*   *   *

도수의 차량은 JM기업 사옥 앞에 서 있었다.

바로 김종민이 총수로 있는 그 회사였다.

강남대로 한복판에 세워져 있는 알짜배기 12층짜리 건물이었다.

하지만 조직폭력배의 탈을 쓴 기업답게 드나드는 사람들은 검은 정장을 입고 덩치가 산더미만큼 큰 사내들이 많았다.

"회장님, 다 왔습네다."

고개를 끄덕인 도수가 차에서 내렸다.

리영춘과 고기만도 서둘러 차에서 내려 도수의 양옆으로 에워쌌다.

범의 아가리 속으로 들어가는 꼴이다.

아무리 도수가 날고 긴다고 하더라도 조직원들만 백 명이 넘는 빌딩 속으로 들어가서 살아 나올 수는 없을 것이다.

물론 아무리 막장으로 치닫는다고 하더라도 놈들이 그렇게 나올 리는 없을 테지만.

만에 하나라는 것은 분명히 존재했다.

회전문을 열고 안으로 들어갔다.

아직은 공무적인 일을 하기 위한 일반적인 사람들이 많았다.

하지만 경비원들의 눈빛이 다르다.

여느 다른 회사원들처럼 나이가 지긋한 분들이 아니었다. 그들은 젊고 무척이나 사나워 보였다.

평범한 사람들은 모르지만 그들이 조직폭력배의 일원이라는 것쯤은 대번에 알아차릴 수가 있었다.

도수가 안쪽으로 걸어가자 그들이 앞을 가로막았다.

"어디서 오셨습니까."

건장한 체구의 사내가 정중하게 물었다.

정중한 말투지만 눈빛은 무척이나 도전적이었다.

제대로 말을 하지 않으면 당장이라도 쫓아낼 수 있다는 위압감을 은연중에 풍겼다.

"현율 실업."

도수는 짧게 대답했다.

"……잠시만 기다리십시오."

그는 임포메이션 창구에 앉아 있는 다른 사내에게 가서 무엇인가를 말했다.

앉아 있던 사내가 어디론가 전화를 걸었다. 상부에 보고를 하는 듯했다.

고개를 끄덕인 경비원이 다가와 이리로 오십시오, 라고 말했다.

경비원이 앞장섰다.

도수와 리영춘, 고기만이 그의 뒤를 쫓았다.

조금도 도수에게서 떨어지지 않겠다는 각오가 리영춘과 고기만의 눈빛에서 의지가 읽혔다.

경비원은 일반 사람들이 이용하는 엘리베이터로 가지 않았다.

조금 더 안쪽으로 들어가자 회장 전용 엘리베이터가 따로 있었다.

경비원은 버튼을 누르자 잠시 후 위잉 소리와 함께 엘리베이터 문이 열렸다.

엘리베이터 안쪽에는 또 다른 사내가 있었다.

경비원들과는 비교도 안 되는 위압감을 품고 있는 사내였다.

도수는 그들을 보며 입술을 비틀었다.

뭐야, 이런 것으로 겁을 주려는 속셈인가.

만약 그렇다면 김종민이라는 사내에 대해서 다시 한 번 생각해 봐야 한다.

엘리베이터는 세 개 층밖에 없었다.

지하 1층, 1층, 최상층.

엘리베이터에 타고 있던 사내는 아무런 말없이 가장 최상층의 버튼을 눌렀다.

엘리베이터는 빠른 속도로 올라갔다.

곧 이어 덜컹 거리는 소리가 나더니 엘리베이터 문이 열린다.

엘리베이터 문이 열리자 열 평 규모의 작은 방이 나왔다. 여직원이 앉아서 어떤 업무를 보고 있었다.

그의 옆으로 세 명의 여직원들과 덩치 큰 사내들이 다섯 명이나 더 있었고, 큰 문과 작은 문 두 개가 따로 있었다.

큰 문은 회장실로 통할 테고, 작은 두 개의 문은 그녀들이 쓰는 방과 경호원들이 쓰는 방일 것이다.

그녀는 손님들이 오자 자리에서 일어나 공손하게 인사를 하고는 '기다리고 있었습니다.' 라며 인사했다.

그리고는 회장실을 똑똑 거린 후 현율 실업의 회장님께서 오셨습니다, 라고 말을 이었다.

그녀는 친절하게 문을 열어 주었다.

도수는 실례하겠소, 라고 말을 한 후 회장실로 들어갔다. 리영춘과 고기만이 안으로 들어서려고 하자 경호원들이 제지했다.

"여기서부터는 들어갈 수 없습니다."

"뭔 소리네. 호랭이 아가리 속에 들어가는데, 회장님을 혼자 보낼 수는 없는 것 아니네."

리영춘의 눈빛이 번뜩였다.

경호원들의 눈초리도 사나워졌다.

그들은 여기서부터 현율 실업 회장님을 제외하고는 아무도 들어갈 수 없습니다, 라는 말만 반복할 뿐이었다.

"기다리고 있어."

"하지만……."

"괜찮아, 나를 믿나?"

"당연한 거 아입네까. 대한민국에서 회장님을 꺾을 수 있는 사람은 없다고 맹세합네다."

고기만은 일부러 크게 말했다.

이곳에 있는 모든 사람들의 귓속에 똑똑히 박아 두라는 듯이.

"오바는, 어쨌든 얌전히들 있어. 금방 갔다 올 테니까."

도수가 회장실 안쪽으로 들어갔다.

회장실은 무척이나 넓었다.

오십 평도 넘는 듯했다.

혼자서 이 공간은 모두 쓰다니 조금은 아깝다는 생각이 들었다.

안에는 열 명 안팎의 사람들이 있었다.

가장 크고 화려한 고급 원목으로 만든 책상에는 김종민이라고 추측되는 중년 사내가 거만하게 앉아 있었다.

추측 나이는 대략 40대 중반.

민민태 형님과 비슷한 연배로 보인다.

머리는 단정하게 빗어서 올백으로 넘기고, 동그란 금테 안경을 쓰고 있었다.

입술은 뱀처럼 얇고 턱 선은 두툼하다.

흡사 한 마리의 덩치 큰 독사를 보고 있는 듯한 느낌이었다.

그의 양옆으로 두 명의 경호원들이 서 있었고 회사 간부들로 보이는 사내들이 소파에 주르륵 일렬로 앉았다.

그들의 시선이 한꺼번에 도수에게 박혔다.

다른 사람들은 그들의 시선을 받고 다리가 후들후들 걸리지 모르지만 도수는 아니었다. 한번 주위를 쓱 보고는 입술을 뒤틀었다.

마치 이제야 너희들을 만나는구나, 라는 표정이었다.

그가 입술을 뒤트는 것을 본 간부들의 얼굴이 노골적으로 일그러졌다. 뭐, 저런 새끼가 다 있나, 라는 얼굴들이었다.

도수는 김종민을 향해서 고개를 숙였다.

고개를 숙이면서 웃음이 터지려는 것을 억지로 참는다.

천만 시민이 사는 서울은 좁다. 그중에서 욕망의 상징이라고 할 수 있는 강남은 더욱 좁다.

이렇게 놈을 만날 줄이야.

김종민.

이놈은 소종태와 함께 도수에게 굴욕을 주었던 그자였다. 특히 그의 머리위로 몇 만 원을 놓으며 병원이라도 가라고 했던 그 사내다.

김종민의 이름을 부르며 너무도 보고 싶다는 말이 턱밑까지 나왔다가 가라앉았다.

좋아. 일단은 선배 대접을 해 주지.

"마도수라고 합니다."

김종민은 무척이나 건방지게도 앉은 채 고개를 까닥거렸다.

아랫사람을 대하는 행태였다.

그는 도수를 기억하지 못했다.

10년 전 그와 현율 실업의 회장을 한 자리에 놓고 생각하지 못하는 것은 어찌 보면 당연한 일이었다.

그는 한참이나 그렇게 도수를 자리에 세워 놓고 있었다.

1분, 5분, 10분.

무려 20분이 지날 때까지 그는 들고 있는 서류에서 다른 곳으로 시야를 돌리지 않았다.

도수는 그대로 서 있었다.

리영춘과 고기만이 혹은 이기동이 봤다면 당장 눈을 뒤집고 길길이 날뛰었을지도 모른다.

하지만 도수는 뚝심이 있게 기다렸다. 이렇게 만난 것만으로도 반갑다.

조금 더 놈의 얼굴을 머릿속에 각인시켜 놓고 싶었다. 이 자는 그런 도수의 내심을 전혀 짐작하지 못하겠지만.

30분이 다 되어서야 김종민은 서류를 책장 위에 올려놨다.

그리고 손에 깍지를 끼고는 도수를 바라봤다. 그의 눈빛이 도수를 쏘아본다.

생전수전을 다 겪은 뱀의 눈이었다.

"마도수라고……?"

종민은 대뜸 말을 놓았다.

아무리 선배라고 하더라도 같은 서열에 있는 후배에게 전혀 예의를 지키지 않는 행위였다.

"그렇습니다."

도수는 침착함을 잃지 않았다.

눈동자는 다른 간부들을 천천히 훑어본다.

덩치 큰 놈은 멧돼지 고낙훈, 키가 작고 단단해 보이는 놈은 잠수함 노현국, 미라처럼 마르고 눈에서 살기가 도는 놈은 빽미(빽하면 미친다)라는 신상현 등등 강남에서 내놓으라는 주먹꾼들이 모두 모여 있었다.

이만한 인재들이 놈의 밑에 있으니 김종민의 왕국이 흔들

림 없이 유지되는 것이겠지.

"미나를 영입했다고 하던데."

역시 그 일 때문인가.

압구정 파와 항쟁을 겪었을 때도 전면에 나서지 않았던 이들이다.

하물며 자신들의 왕국에 버금갈 정도로 세력이 커진 신사동 파였지만 나서지 않았다.

물론 복합적인 이유가 있을 테지만 아직까지는 신사동 파와 대치동 파는 중심선을 잘 지켜 왔다.

한데 갑작스럽게 김종민에게서 한번 보자는 호출이 온 것이다.

그럴 이유는 단 하나밖에 없었다.

현율 실업의 H—엔터테이먼트.

연예계 진출 때문이었다.

또한 그들이 예전부터 노리고 있던 미나를 H—엔터테이먼트가 중간에서 낚아챘기 때문이기도 했다.

이 바닥에 들어오고 나서 그런 소리를 들었다.

하지만 밑바닥까지 추락한 미나가 그들에게 그만한 가치가 있을까.

김종민의 속마음을 알지 못하는 도수로서는 내심을 짐작할 수가 없었다.

하나 어떤 식이든 분명한 이유가 있을 것이다. 이곳에서 나가면 그것부터 알아볼 생각이다.

"운이 좋았지요."

도수는 담담하게 대답했다.

"운이 좋다고 아무나 미나와 계약을 할 수는 없지."

종민이 자리에서 일어났다. 그리고 구석에 있던 골프채를 들었다.

그는 자신의 타수를 자랑이라도 하려는 듯이 밑에서부터 위로 붕붕 휘둘렀다.

"미나와의 계약…… 우리에게 넘길 수 없겠나."

종민은 골프채를 휘두르며 말했다.

당연한 말이지만 전혀 그럴 생각이 없었다.

도수에게 미나는 조커였다.

김형태와 강찬수, 배도일 모두를 한꺼번에 엮어낼 수 있는 최고의 조커말이다.

그녀를 절대로 잃을 수는 없었다.

하지만 아직 JM기업과도 트러블을 일으킬 수는 없었다.

그들이 상대하기에 JM기업은 상당히 벅찼다.

대기업은 아니지만 대한민국 200대 기업 안에는 언제든지 들어갈 수 있는 역량을 갖췄다.

또한 김종민의 인맥은 무시할 수가 없었다.

김종민이 도수를 내버려 두는 이유는 아직 회사가 작기도 했지만, 조형은과 이영옥의 덕분이기도 했다.

그들이 아니었다면 진작 그들에게 밟힐 수도 있었다.

그렇다고 하더라도 여기서 한 발자국도 물러날 수는 없었다.

물러나는 순간 도수는 가야 할 방향을 잃는다.

그에게 현실과의 타협이란 있어서도 안 되고, 있을 수도 없는 일이었다.

"죄송합니다."

도수는 고개를 저었다.

그가 거절의 뜻을 비치자 JM기업의 간부들의 입에서 욕설이 튀어나왔다.

저런 햇병아리 새끼부터 아무것도 모르는 새끼, 뒈져야 정신을 차릴 새끼까지 별의별 욕설이 들려왔다.

"듣던 대로 배포 하나는 크구만."

김종민이 골프채를 들고 다가왔다.

그는 자신보다 머리 하나가 큰 도수를 노려봤다. 금빛 안경테 안으로 그의 눈동자가 매섭게 빛을 냈다.

"너, 내가 누군지 알아?"

"……."

도수는 아무런 말을 하지 않았다.

이들과 전쟁을 벌일 생각은 없지만, 그렇다고 물러날 생각도 없었다.

만약 이들과 전쟁이 터진다면 한 발자국도 물러서지 않는다.

당연히 일부러 고개를 숙일 필요도 없었다.

"니가 어르신들 믿고 까부나 본데. 너쯤이야 크게 기침만 하면 모조리 밟아 버릴 수가 있어."

"……."

"말로 해서는 안 될 모양이군."

김종민은 골프채를 휘둘렀다. 붕 소리가 나며 골프채는 도수의 관자놀이 앞에서 멈췄다.

"놀랐지?"

김종민이 이죽거렸다.

피식.

도수는 입술을 뒤틀었다. 그것이 김종민의 심기를 건드린 모양이다.

"이 새끼, 봐라. 완전 배 째라네."

김종민은 다시 한 번 골프채를 휘둘렀다.

빡!

이번에는 제대로 도수의 관자놀이에 명중했다.

아무리 도수라고 하더라도 충격을 받지 않을 리가 없었다.

그의 무릎이 휘청거리며 옆으로 기우뚱거렸다.

뚝뚝뚝.

찢어진 뺨에서 피가 떨어졌다. 피는 깨끗하게 청소를 해놓은 양탄자 위로 떨어졌다.

"어라, 이런 제길, 이거 비싼 건데."

종민은 바닥에 떨어진 피를 신고 있던 슬리퍼로 쓱쓱 문질렀다.

"그나저나 이 새끼, 이거 졸라 강한 척하는데."

김종민은 간부들을 보며 도수를 비웃었다.

"하하하하하, 병신 새끼."

"꼴값 떨고 있네."

나름 한 시대를 풍미하는 주먹들이 도수를 향해서 방정맞게 비웃었다.

도수는 무심한 눈으로 그런 김종민을 바라봤다.

"야, 좋은 말할 때 계약서 가져와. 안 그럼 살지도 죽지도, 못하는 수가 있어."

"해보시든가요."

"뭐? 해보시든가요?"

김종민은 골프채를 바닥에 던져 놓고 도수의 뺨을 툭툭 쳤다.

당하는 입장에서는 무척이나 기분 상하는 행동이었다.

그러나 김종민은 개의치 않았다. 오히려 더욱 심하게 도수의 심리를 압박했다.

그는 도수의 뺨을 두 손가락을 잡은 후 마구 흔들었다.

"야, 이 새끼야. 니네가 겨우 소종태 하나 잡았다고 의기양양하나 본데. 니 밟아 죽이는 것쯤 우리한테 일도 아니야. 알아? 좋은 말할 때 미나 계약서 가지고 와."

도수는 어금니를 꽉 깨물었다.

계속된 모욕적인 언사에 그의 심기가 뒤틀렸다.

그러나 지금은 참아야 한다.

혼자라면 이들 모두를 이곳에서 끝장을 낸 후, 자신도 끝이 날지도 모른다.

하지만 그에게는 반드시 이뤄야 할 복수도 있었고, 많은 동생들도 있었다.

김종민과의 결판은 얼마든지 낼 수가 있다.

아주 화려하고, 가장 악랄하게 끝장을 내줄 셈이다.

그러나 지금은 아니다.

동생들의 목숨도 생각을 해야 한다.

압구정 파의 항쟁 때처럼 쉽게 그들의 목숨을 잃은 수는 없었다.

"……."

"어라? 이 새끼, 고집 있네. 그래서 어쩔 건데, 새끼야."

종민은 더 세게 도수의 뺨을 흔들었다. 그래도 도수는 어금니를 꽉 물은 채 꿈쩍도 하지 않았다.

"회장님, 그만하시죠."

JM엔터테이먼트의 대표이사를 맡고 있던 명필이 종민을 말렸다.

그는 더 이상 도수를 자극할 필요가 없다고 생각했다.

도수와 같은 타입은 강하게 몰아치면 몰아칠수록 더욱 강하게 받아친다.

그가 당한다면 악에 받친 현율 실업 조직원들이 죽자 살자 덤빌 수도 있었다.

JM기업이라고 하더라도 큰 타격을 입을 수가 있었다.

종민은 못마땅한 표정을 지으며 도수의 뺨에서 손가락을

놓았다.

"삼 일 준다. 삼 일 동안 곰곰이 생각해 보고 계약서 가지고 와. 겨우 그년 하나 때문에 피땀 흘려 일군 기업이 넘어가는 꼴을 보고 싶지 않잖아?"

종민이 자신의 책상 모서리에 엉덩이를 걸치며 말했다.

"……."

"그 새끼, 끝까지 아가리 안 여네. 다음에도 이런 식으로 나오면 혀를 뽑아 버릴 거야. 난 한다면 하는 사람이야, 가봐."

축객령이다.

그의 말에 도수는 고개를 숙여 종민에게 인사를 하고는 회장실 밖으로 나왔다.

등을 돌린 도수의 눈에서 시퍼렇게 안광이 빛나고 있었다.

"회장님, 그래도 강남을 양분하고 있는 조직의 회장한테 좀 과한 것 같습니다."

명필이 걱정스럽다는 투로 말했다.

"과하긴 뭐가 과해. 염병할 새끼, 꼴에 어디서 들은 것은 있어 가지고."

"하지만 소문으로는 마도수란 자, 만만치가 않습니다."

"소문은 소문일 뿐이야. 내가 장담하지. 삼 일 안에 저놈은 계약서를 가지고 오게 되어 있어. 지가 내놓기 싫다고 하더라도 밑에 놈들이 내놓게 만들 거야. 왜냐고? 내가 얼마나 무서운지 강남에 있는 놈들은 모두 알거든."

김종민을 입술 한쪽 끝을 올렸다.

"어이, 고 상무."

"네, 회장님."

"혹시 모르니까 저놈 가족들 알아봐. 만약 삼 일이 지나도 놈이 오지 않으면 저놈 가족의 손가락 잘라서 가져와."

"알겠습니다."

멧돼지라 불리는 고낙훈이 서늘한 미소를 지으며 대답했다.

8.

분노

CITYOF
WILD BEAST

리영춘은 말없이 운전을 하고 있었다. 고기만도 마찬가지였다.

　김종민 회장을 만나고 나서부터 도수는 무척이나 저기압이었다.

　화가 난 것 같지만 말을 하지 않으니 그들로서는 알 도리가 없었다.

　"회장님, 회사로 갈까요?"

　리영춘이 조심스럽게 도수에게 물었다.

　"아니."

　"그럼 어디로 모실까요."

　"근처 아무 체육관이나 가자."

　"체육관 말입네까."

"그래."

"알겠습네다."

리영춘은 근처에 보이는 체육관을 찾았다.

갑자기 찾으려니 체육관이 보이지 않는다.

그들은 약 15분 정도를 더 헤맨 후에야 체육관을 찾을 수가 있었다.

체육관은 5층 건물 최상층에 있었다. 엘리베이터도 없었고, 걸어서 올라가야만 했다.

화려한 간판은 있지만, 서비스는 제대로 되지 않는 모양이었다.

체육관 현관 앞에 서자 땀 냄새가 진동을 한다. 열어 놓은 문, 안쪽에는 열 명 정도의 사람들이 운동을 하고 있었다. 그중에 세 명은 여성이다.

아직 앳된 것으로 보아 다이어트를 하기 위해서 체육관을 찾은 여학생인 듯했다.

도수가 안에 들어서자 모두의 시선이 그에게 쏠렸다.

그도 그럴 것이 운동을 하러 온 사람으로 보이지 않기 때문이다.

머리가 현관문에 닿을 정도로 거대한 체구를 가진 도수. 또한 눈썰미가 없는 사람이 보더라도 꽤나 고가의 정장을 입고 있었다.

그의 뒤편에 경호원으로 보이는 날카로운 분위기의 두 명의 사내들도 사람들에게는 낯설었다.

사람들은 그런 도수와 리영춘, 고기만을 힐끔힐끔 바라봤다.

"무슨 일로 오셨습니까?"

관장으로 보이는 큰 키의 젊은 사내가 다가와 물었다. 연배로 봐서는 도수와 비슷한 또래로 보였다.

보통 관장은 찾아오는 손님들에게 '운동 배우시게요'라고 묻지, '무슨 일로 오셨습니까'라고 묻지 않는다.

그만큼 도수와 경호원들은 이질적이었다.

"잠시 샌드백 좀 이용해도 되겠습니까. 다른 분들께는 피해가 가지 않도록 하겠습니다."

도수는 정중하게 말했다.

관장은 잠시 머뭇거렸다. 돈이 안 되는 손님이다.

그러나 안 돼요, 라고 말하기도 껄끄러웠다. 요즘 같은 불황에 불친절은 자기 무덤을 파는 짓이다.

또한 눈앞에 사내에게 그래서 안 될 것 같은 불길함도 느낀다.

"그거야 어렵지 않지만…… 샌드백 쳐 보신 적 있습니까? 잘못하면 손목이나 손가락 골절이 올 수 있습니다."

"걱정 안 하셔도 됩니다. 잠시만 사용할 수 있게 해 주시면 사례를 하겠습니다."

"사례는 안 하셔도 됩니다. 그럼 신발을 벗고 이쪽으로 오세요."

고개를 끄덕인 도수가 구두를 벗었다. 그를 따라 리영춘과 고기만도 신발을 벗는다.

그들은 관장을 쫓아 샌드백이 있는 곳으로 갔다. 샌드백은 체육관 정중앙에 놓여 있었다.

구석에 있는 것을 내줄 줄 알았더니 사람들이 모두 볼 수 있는 곳이다.

도수는 슬쩍 관장을 쳐다봤다.

네가 샌드백을 치면 얼마나 잘 지기에 이렇게 무례하게 찾아 오냐, 라는 아니꼬운 표정이었다.

신경 쓸 바가 아니다.

지금은 종민 때문에 끓는 속을 가라앉히고 싶을 뿐이니까.

도수는 정장 상의를 벗어서 리영춘에게 주었다. 리영춘은 조심스럽게 그의 상의를 받아들었다.

이 한 장면으로 누가 봐도 주종 관계라는 것을 알 수가 있었다.

와이셔츠의 소매를 걷고 샌드백 앞에 섰다.

그가 샌드백 앞에 서자 묘한 긴장감을 불러 일으켰다.

링 위에서 스파링을 하던 선수들도, 거울 앞에서 섀도우 복싱을 하는 남성들도, 줄넘기를 하던 여학생들도 모두 움직임을 멈추고 도수를 바라봤다.

도수는 주먹을 말아 쥐고 샌드백을 툭툭 건드렸다. 샌드백이 앞뒤로 조금씩 흔들렸다.

관장은 그가 괜한 폼을 잡고 있다고 생각하는 모양이었다. 입술 끝을 올리고 비웃음을 흘리고 있는 것을 보니 말이다.

도수의 오른팔이 뒤로 젖혀졌다. 그리고 그대로 샌드백을 강타했다.

쾅!

대포가 코앞에서 터진다면 이런 소리가 날까.

엄청난 굉음에 체육관에 있던 사람들이 깜짝 놀라 어깨를 움츠렸다.

샌드백은 천장이 있는 곳까지 출렁거리며 올라갔다.

관장조차도 이제껏 이런 경험은 처음이다.

헤비급 챔피언이 샌드백을 친다고 하더라도 이렇게까지 놀라운 파괴력은 보이지 않을 것이다.

하지만 그것이 끝이 아니라는 것을 관장을 비롯해서 모두가 몰랐다.

천장에 닿았던 샌드백은 크게 출렁거리며 밑으로 내려왔다.

그것을 향해서 도수는 왼쪽 주먹을 휘둘렀다.

퍼퍼퍼퍼퍼펑!

그의 주먹이 얼마나 강타를 했을까.

샌드백은 공중에서 내려올 생각을 하지 않았다.

도수의 왼손이 강하게 샌드백을 질렀을 때.

쾅!!

사람들은 믿기지 않은 광경을 목격했다.

"세, 세상에…… 이게 말이 돼?"

"나 운동 그만둘래. 저게 뭐야."

관원들의 육체가 굳어졌다.

직접 보고도 믿지 못할 상황이다.

저 단단한 샌드백이.

누가 치든지 끄덕도 없던 샌드백의 옆구리가 폭발해서 내용물인 모래를 바닥에 뱉어 내고 있었다.

"새, 샌드백이 너무 낡아서 그랬겠지. 맞아. 그렇지 않고서야 샌드백이 터진다는 것은 말이 안 되잖아."

관원 중에 한 명이 고개를 흔들며 말했다.

그의 말에 몇몇이 동감한다.

인간은 믿을 수 없는 광경을 목격하면 현실을 부정하고는 한다.

지금이 딱 그랬다.

도수는 발밑에서 떨어지는 모래를 보며 미간을 찡그렸다.

생각보다 샌드백이 약하다. 이 정도의 충격으로 찢어질 줄은 예상하지 못했다.

물론 그것은 도수만의 생각이었다.

관원을 비롯해서 리영춘과 고기만도 그의 괴력에 입을 다물지 못하고 있으니.

"죄송합니다. 본의 아니게 물건을 망가트렸군요. 이럴 생각은 아니었는데. 보상해 드리겠습니다."

도수는 관장을 향해서 정중하게 고개를 숙였다. 관장도 얼떨결에 그를 향해서 고개를 숙였다.

지금까지 도수를 얕잡아 보던 마음은 사라졌다.

그저 눈앞에 있는 사내가 신기하게만 느껴졌다.

이자가 권투 선수라면 종전의 헤비급의 타이틀을 독식해

왔던 미국의 아성은 단숨에 무너트릴 것만 같았다.

"아닙니다. 정말로 멋진 구경을 했습니다. 그런데 혹시 운동선수이신가요?"

정말로 궁금했다.

관장도 어렸을 적부터 이 바닥에 오래 있었기에 어지간한 사람들은 모두 안다.

하지만 머릿속의 책장을 모두 뒤져 봐도 도수에 대한 기억은 없었다.

"죄송하지만 전 운동선수가 아닙니다."

"정말입니까? 운동선수도 아닌데 어떻게 이런 괴력을……."

"그냥 꾸준히 운동을 해 온 정도입니다."

"그럼 권투를 해 보실 생각은 없으십니까? 나이가 조금 있으신 것 같지만 그쪽의 괴력이라면 능히 세계에 도전을 해도 될 것 같습니다."

"제가요?"

"네, 제 눈이 확실하다면 세계에서 통할 파워입니다. 기술쯤은 단숨에 파괴시키는 위력, 일격필사의 펀치. 모든 인파이팅 트레이너들이 바라는 이상형입니다."

"하지만 저는 권투 선수가 될 의향이 없습니다. 하고 있는 일도 있고."

"그럼 시간이 날 때만 오셔서 운동을 하시면 어떻습니까. 권투는 꽤 매력적인 운동입니다. 중독성도 강하죠. 그냥 일주일에 한 번이라도 오셔서 마음껏 샌드백을 치고 가셔도 됩니다. 회비는 받지 않겠습니다."

관장은 꽤나 도수가 마음에 들었나 보다.

하긴 그의 하드웨어는 결코 서양인들에 비해서 작지 않다. 또한 그들을 월등하게 뛰어넘을지도 모르는 무시무시한 파괴력까지 보유했으니 관장의 입장에서는 어떡하든 잡고 싶은 것이 그의 본심일 것이다.

도수는 잠시 고민을 한다.

권투란 것은 해 본 적은 없지만 흥미는 간다. 제법 속이 시원한 느낌도 들었다.

매일이면 몰라도 일주일에 한 번 정도 체육관에 들러서 땀을 흘리는 것도 나쁘지 않을 듯싶었다.

"알겠습니다. 그럼 가끔 신세를 지겠습니다."

"아, 정말입니까? 여기 명함. 만약 모르는 것이 있으시면 언제라도 전화를 주시면 됩니다."

관장은 명함 한 장을 지갑에서 꺼내 도수에게 주었다.

명함에는 관장의 사진과 강석현이라는 이름이 적혀 있었다.

도수는 명함을 자신의 지갑에 넣었다. 그리고 수표 두 장을 꺼내 강석현에게 건넸다.

"이건 왜?"

그는 의아한 표정을 지었다. 십만 원짜리 수표로 봤지만, 그것보다 훨씬 큰 금액이었다. 이 정도 돈이면 일 년치 회원비보다도 많았다.

"망가진 샌드백 가격과 이곳을 이용할 회원비입니다."

"아닙니다. 그리고 너무 많습니다."

"사죄의 의미입니다. 그리고 매달 회원비를 내지 못할지도 모르니 한꺼번에 낸다고 생각해 주십시오."

"음, 그럼 염치불구하고 받겠습니다."

강석현 관장은 받은 수표를 지갑 속에 소중히 넣었다. 이 정도의 거금은 오래간만에 받아 본다.

매달 말이 되면 체육관 월세로 인해서 전전긍긍을 해야 했는데 이번 달에는 그런 고민을 하지 않아도 될 듯싶었다.

오늘 저녁에는 아들놈들이 좋아하는 치킨도 두 마리를 사 갈 수 있을 거 같다.

자신도 모르게 입술이 양쪽으로 올라간다.

갑자기 나타난 거구의 사내.

그의 정체가 무엇인지 모르지만 자신에게 큰 행운을 가져 다 줄 것만 같았다.

"그럼 다음에 뵙겠습니다."

도수가 강석현에게 고개를 숙였다.

강석현도 같이 고개를 숙여서 인사한다.

관장이라는 직함을 내던졌는지 도수보다 훨씬 깊게 허리 를 숙였다.

"나중에 오시면 체육관을 안내해 드리겠습니다."

"알겠습니다."

그 말을 끝으로 도수는 체육관을 나왔다. 김종민 때문에 폭발했던 짜증이 이곳에서 많이 풀어졌다.

"회장님."

리영춘은 조심스럽게 도수를 불렀다.

"응."

도수가 대답했다.

"정말로 권투를 배우실 생각입네까?"

사실 그의 입장에서는 이해가 가지 않았다.

도수가 누구인가. 연변에서 날고 기는 해결사로 활약을 하던 자신들을 혼자서 쓰러트린 인물이다.

그것도 최선을 다했는지 알 수가 없었다.

리영춘이 알고 있는 도수란 진정한 실력을 알 수 없는 도시의 맹수였다.

그런 그가 한낱 권투를 배운다는 것이 너무도 낯설게 느껴졌다.

마치 사자나 호랑이가 날카로운 발톱과 이빨을 내버려 두고 인간들이 무기인 각목이나 쇠파이프를 든 느낌이랄까.

"이해가 가지 않나?"

도수가 되물었다.

그는 정확하게 리영춘의 심리를 꿰뚫었다.

"그렇습네다. 제가 아는 사람들 한에서 회장님은 가장 강합네다. 굳이 권투를 배울 필요가 있을까, 하는 생각입네다."

"강해지려고 배우는 것이 아니다."

"그럼?"

"잡념을 없애기 위한 정도라고 해 두지."

"그렇습네까."

그제야 이해를 했다는 듯이 리영춘이 고개를 끄덕였다.

그도 칼을 정신없이 휘두르다 보면 종종 무아지경에 빠져 든다.

그때가 되면 머릿속은 백지장처럼 하얗게 변하고 어떤 생각도 들지 않는다.

칼을 놓았을 때 그의 전신은 땀에 흠뻑 젖어 있다. 힘들다는 느낌은 들지 않았다.

무척이나 개운하다.

도수는 권투에서 그런 느낌을 받은 모양이었다.

*　　*　　*

도수는 회사로 돌아왔다.

그는 회장실로 뚜벅뚜벅 걸어갔다. 비서실 직원들은 도수를 보자 자리에서 일어나 '오셨습니까' 라며 공손하게 고개를 숙였다.

눈치 빠른 채진아가 구급약이 들어 있는 상자를 가지고 회장실로 쫓아 들어왔다.

"왜?"

도수는 정장 상의를 벗으며 진아에게 물었다.

"왜는요. 회장님, 이마 깨지셨죠? 얼굴에 피가 묻은 흔적이 있어요."

"닦았는데……."

"에휴, 머리카락에 피가 달라붙어 있어요. 도대체 어디서
또 다치신 거예요. 여기 앉으세요."

진아는 도수를 잡고 소파에 앉혔다.

도수는 괜찮다고 했으니 진아는 어서 소독하지 않으면 덧
난다고 소매를 잡고 강제로 끌었다.

할 수 없는 그는 자리에 앉을 수밖에 없었다.

그녀는 도수의 앞으로 다가와 소독약으로 찢겨진 옆머리
를 발랐다.

소독약은 상당히 따가웠다. 도수가 눈살을 찌푸리자 진아
는 '호호' 불어 주기까지 했다.

어쩐지 불편하다.

허리를 숙인 진아의 블라우스 사이로 살짝 젖무덤이 보였다.

의도하지 않은 것 같지만 정면으로 젖가슴이 보이니 눈을
둘 구석이 없었다.

또한 그녀에게서 좋은 장미향이 풍겼다. 유정에게서 맡은
냄새는 향긋한 풀 내음.

하나 진아는 유정과 다르게 정신을 몽롱하게 하는 강한
장미향이었다.

무척이나 매력적인 여인들이다. 세상 어디에 내놔도 혼자
서 살아갈 수 있는 강인한 여성들이기도 하다.

"됐네요. JM기업 가신다고 했는데 거기서 이렇게 되신

거예요?"

진아는 꽤나 분한 표정을 지으며 물었다.

"음, 뭐, 그렇게 됐어."

"개자식들. 꼭 폭력으로 일을 처리하려고 하네. 회장님, 절대로 그 자식들한테 끌려가시면 안 돼요."

애사심으로 하는 얘기인지 도수에 대한 다른 감정이 있어서인지는 모르지만, 그녀의 말이 고맙게 다가왔다.

자신을 위해서 이토록 화를 내주는 사람이 있다는 것이 신기한 기분이었다.

만약 10년 전 그때에도 이런 친구들이 곁에 있었다면 그 토록 절망적이지 않았을 텐데.

"명심하지."

도수는 고개를 끄덕였다.

"아, 진아 씨. 민 매니저와 이 실장 좀 올라오라고 해요."

"알겠습니다, 화징님."

진아는 향기로운 아침 햇살처럼 방긋 웃으며 고개를 끄덕이고는 회장실을 나갔다.

잠시 후 민수창과 이기현이 회장실로 올라왔다.

그들은 도수에게 고개를 숙여 인사를 하고 자리에 앉았다.

민수창은 아직도 도수를 보면 자신도 모르게 몸을 움츠린다. 뱀 앞에 있는 개구리 꼴이다.

왜 그런지 본인도 알지 못한다.

매번 도수와 시선을 마주치지 못해서 그러지 말라고 기현이 몇 번 말했지만, 어쩔 수가 없었다.

"가셨던 일은 어떻게 되셨습니까?"

기현이 물었다.

도수는 입술 한쪽 끝을 올렸다.

"김종민이……."

기현과 수창은 도수의 말이 끝나기를 기다렸다.

표정으로 봐서는 좋게 일이 끝이 났는지, 나쁘게 끝이 났는지 알 수가 없었다.

"내가 알던 자더군."

"알던 자라는 말씀은?"

"10년 전에 내가 모욕을 줬던 사내지. 소종태와 같이."

꿀꺽.

기현은 마른침을 삼켰다.

지금 도수는 분노를 참아 내고 있었던 것이다. 그는 폭발하기 직전에 활화산과도 같다.

다른 사람은 몰라도 기현은 안다.

이럴 때 도수가 얼마나 무서운 인간으로 변하는지…….

도수의 눈빛은 점점 차갑게 변해 갈 것이고, 먹이를 노리는 맹수처럼 몸을 바짝 낮춘다.

아무것도 모르는 상대는 기고만장하여 날뛰고, 그 일이 자신의 숨통을 조이는 것이라는 사실은 꿈에도 모른다.

단지 도수의 과거에 대해서 아무것도 모르는 민수창만이 눈알을 데굴데굴 굴리며 눈치를 살폈다.

"참으로 악연이란 길군요."

"그래. 원수는 외나무다리에서 만난다는 말은 결코 헛된 말이 아니지."

"그자가 회장님을 알아보던가요?"

"알아볼 턱이 있나."

"그건 그렇군요. 알아봤다면 회장님을 결코 건물 밖으로 내보내려고 하지 않았을 테니까요. 그래서 그자가 회장님께 무엇을 요구했습니까?"

그들의 영역을 침범한 H─엔터테이먼트 때문에 도수를 호출하지 않았나 어렴풋이 짐작은 한다.

그러나 도수의 입에서 직접 듣기 전까지는 알 수가 없었다.

과연 그들이 어떤 식으로 나왔는지 기현은 궁금했다.

"그들은 미나를 요구하더군."

"미나요?"

전혀 의외의 요구였다.

그들의 입장에서 미나는 하등 가치가 없을 듯했다.

이미 바닥까지 추락한 그녀였다. 그들에게 미나는 돈이 되지 않는다.

"그래. 삼 일 안에 계약서를 가지고 오라고 하더군."

"감히 회장님께 미나의 계약서를 들고 오라고 했다고요?"

기현의 눈매가 꿈틀거렸다.

아무리 김종민의 JM기업의 위세가 강하다고 하더라도

도수도 똑같은 한 회사의 오너였다.

상대방에 대한 예의를 전혀 갖추지 않았다는 말과도 같았다.

그는 김종민에 대해서 심한 모멸감과 분노를 느꼈다.

"나를 우습게 아는 모양이야."

"참으셨습니까?"

"일단은. 하지만 참아 주는 것은 한 번뿐이야. 그의 생각을 알 때까지만."

"미나의 일…… 말씀입니까?"

"맞아. 민 매니저."

"네? 네네, 회장님."

도수와 기현의 대화에서 알 수 없는 섬뜩함을 느끼고 있던 민수창이었다.

그리고 자신이 끼어들 자리도 아니었다.

그들의 대화를 묵묵히 듣고 있던 그는 도수가 부르자 급히 대답했다. 말을 하고 있지 않아서인지 목소리는 갈라져서 나왔다.

도수는 민수창의 눈동자를 뚫어지게 쳐다봤다.

민수창은 차마 마주 볼 수가 없어 계속해서 그의 시선을 피했다. 같이 마주 보고 있는 것만으로도 등줄기가 오싹해진다.

"당신은 김종민 회장이 왜 미나를 찾는지 알고 있지?"

단도입적으로 묻는다.

미나.

과거의 이름은 이미수.

그녀의 과거를 낱낱이 알고 있는 자는 민수창이 유일했다.

섹스 동영상까지 가지고 있는 그가 아니던가.

그녀에 대해서 모른다는 것은 말이 되지 않았다.

"그러니까 미나는 7년 전까지 별 볼 일 없는 무명 배우였습니다."

민수창은 자신이 알고 있는 과거의 사실을 털어 놓기 시작했다.

여기서 거짓말을 하게 되면 자신이 어떻게 내쳐질지 본능적으로 느끼기에 최대한 알고 있는 것을 꺼내 놓았다.

"하지만 7년 전까지 그녀가 맺어 놓은 인연은 꽤 됩니다. 그것이 지금까지 이어져 온 것이고요. 어지간한 스캔들이 아니었다면 그녀는 결코 무너지지 않았을 겁니다. 그녀에게 가드를 치고 있는 윗분들이 상당수 있거든요."

"자세히 설명해 봐."

"미나는 허영심이 꽤나 강했죠. 모든 것을 명품으로 치장했어요. 하지만 제가 운영하는 매니지먼트 회사는 그다지 크지 않았죠. 그녀의 왕성한 허영심을 채워 줄 수가 없었습니다. 저는 할 수 없이 스폰서를 구할 수밖에 없어, 넌지시 미나에게 그 얘기를 꺼냈습니다. 사실 미나는 자존심이 꽤나 강합니다. 그렇기에 그 얘기를 꺼낼 때 상당히 조심스러웠죠."

"그녀가 민 매니저 얘기를 받아들였군."

도수가 얘기했다.

그 당시의 미나를 그도 알고 있었다. 형태와 연인 관계라고 할 수 없었다.

둘은 분명 스폰서 관계.

그 이상도 이하도 아니었다.

"맞습니다. 예상외로 그녀는 스폰서에 대해서 거부감이 없었습니다. 그렇게 만나게 된 사람이 나진 기업의 김형태 실장. 아, 지금은 나진 소프트의 사장이군요. 김형태를 만나고 나서 그녀는 꽤나 활발하게 활동을 시작하게 됐습니다. 김형태가 꽤나 잘해 줬나 보더라고요. 제가 감히 선이 닿지 못하는 PD들에게도 소개를 시켜 준 것을 보면요."

도수와 기현은 잠자코 그의 말을 들었다.

"하지만 어느 날 형태와 미나의 관계는 끝이 나게 됩니다. 이유는 모릅니다. 그러나 그와 관계를 끝내는 조건으로 미나는 꽤 많은 돈을 받은 것으로 압니다."

"그게 언제지?"

"11년 전쯤 될까…… 겨울이었던 것으로 기억납니다."

형태가 어머니를 돌아가시게 했던 그 해다.

"미나는 돈 맛을 알게 됐습니다. 그녀는 돈이 있는 모든 재벌들과 권력자들에게 다리를 벌렸죠. 웃기는 것은 그렇게 하면 할수록 그녀의 위상이 높아지는 겁니다. 어쩌면 천부적인 요녀인지도 모르겠네요. 대한민국의 모든 남성들을 쥐었다, 폈다 할 정도니까요. 한 번은 이런 적도 있었습니다. 그녀는 기우 기업의 셋째 아들과 스폰서 관계를 맺었죠. 사실 스폰서라기보다는 애인에 가까웠죠. 그가 미나를 위해서라면 돈을 아끼지 않고 뿌렸거든요. 어쨌든 그는 기업 파티에 미나를 불렀죠. 거기서 미나는 불륜 관계로 있던 매일기업의 실장과 만나게 됩니다. 매일 기업의 실장은 기우 기업의 셋째 아들과 다정하게 있는 미나를 보며 눈이 뒤집혔습니다. 모두가 보고 있는 자리에서 미나를 잡고 밖으로 끌어냈고 그녀는 놓으라고 소리를 질렀습니다. 그곳에서 사단이 납니다. 기우 기업의 아들과 매일 기업의 실장이 치고박고 싸움이 난 겁니다. 서로 죽여 버리겠다고 난리도 아니었죠. 그때 전 미나의 야누스 적인 모습에 소름이 돋았습니다. 그녀는 남자들을 손바닥에 가지고 놀고 있었던 겁니다."

"그것과 김종민이 미나를 얻고 싶어 하는 것과 관계가 있나?"

"그럼요. 당시 미나는 재벌들에게 가장 핫한 아이콘이었습니다. 재벌계 순위가 낮으면 그녀와 제대로 말 한마디 못붙일 정도였거든요. 더군다나 그녀는 기업과 기업을 이어 주는 브로커 역할을 제대로 했습니다. 그녀를 거치지 않고서는기업들 간의 연계가 불가능하다는 말이 돌았을 정도입니다."

"완전 마담 뚜구만."

기현이 실소를 지었다.

생각보다 미나의 과거의 추악했다.

그런 여자가 국민 배우의 반열에 오르고 대한민국의 모든사람들에게 사랑을 받았다는 것이 믿기지가 않았다.

"이번 일이 터지기 직전까지도 미나는 정계와 경제계의 많은 사람들과 연을 맺고 있었습니다. 김종민 회장이 원하는 것은 바로 그녀가 가진 연줄일 것입니다."

도수는 고개를 끄덕였다.

그가 원하는 것은 바로 정계 진출.

미나가 가진 어마어마한 인맥이라면 그를 쉽게 정계로 진출시킬 수 있을 것이다.

"그런데 이해가 되지 않는 것이 있군. 그 정도의 인맥이라면 재벌가에 들어가서 떵떵거리며 살 수 있었을 텐데. 왜 배우의 길을 고집했지?"

"그녀의 꿈이죠. 돈은 넘치고 넘쳤지만, 그녀는 항상 뭔가를 부족해했습니다. 그것은 바로 배우로서 자신의 존재 가치를 입증하는 것. 그렇기에 미나는 항상 제대로 된 배우가 되고 싶어 했습니다."

"7년 전, 반현우 감독이 그녀를 무척 만나고 싶어 했습니다. 그는 저에게 연락을 해 왔죠. 영화에 대한 투자 자금이 부족했을 때일 겁니다. 저는 반현우 감독을 미나에게 소개시켜 줬습니다."

"그리고 반현우 감독은 투자금을 받는 목적으로 미나를 주연으로 캐스팅을 했군."

"반은 맞지만 반은 틀렸습니다. 그는 배우로서 미나의 가능성을 본 것입니다. 사실 그때만 하더라도 미나의 연기는 형편없었거든요. 하지만 좌중을 압도하는 카리스마가 그녀에게 있었죠. 재벌들의 마음을 좌지우지할 정도니 얼마나 강렬했겠습니까. 그렇게 미나는 반현우 감독의 영화에 출현을 했고 대박이 났습니다. 그렇게 그녀의 인생이 180도로 바뀌게 된 겁니다."

"그렇게 대단한 연줄을 가진 여잔데 왜 이번에는 아무도 도와주지 않는 거지? 그녀에게 목을 매는 재벌들이 그렇게 많다면서."

"화가 난 거죠. 자신만의 여신이라 생각했는데 감쪽같이 속았다고 여기는 겁니다. 아무리 마음이 넓은 사내라고 하더라도 전 남자 친구와 잤다는 사실을 들은 것과, 직접 눈으로 보는 것은 다르지 않습니까."

도수는 고개를 끄덕였다.

"그럼 지금의 미나는 김종민에게 아무런 도움이 되지 않을 텐데."

"지금은 그렇겠죠. 하지만 썩어도 준치 아닙니까. 그녀에게 도움을 받은 많은 사람들이 있습니다. 직접적으로 도움을 주지는 않겠지만, 김종민을 소개하는 정도는 어렵지 않게 할 수 있을 겁니다. 그리고……."

"그리고?"

"시간이 지나면 그들의 화도 조금씩 풀릴 겁니다. 재기하기는 어렵지 않고, 그들의 마음을 돌린다면 얼마든지 배역을 따낼 수가 있습니다."

"그래서 2년 안에 반드시 되돌려 놓겠다고 이야기한 것인가."

"그렇습니다. 스타로서의 생명은 끝이 났을지 모르지만 배우로서는 아닙니다. 얼마든지 재기할 수 있습니다. 대한민국 30대 여배우 중에 그 정도의 화면 장악력을 가진 사람은 그렇게 많지 않으니까요."

도수는 고개를 끄덕이고 소파에 몸을 뉘었다.

김종민이 그토록 애타게 미나를 찾는 이유를 알았다. 그리고 총의 방아쇠는 이쪽이 당길 수가 있었다.

놈은 자신이 총을 가지고 있겠다고 생각할 테지만…… 아니다.

그의 첫 번째 착오는 미나의 과거를 알고 있는 민수창이 H—엔터테이먼트에 있다는 것이다.

민수창으로 인해서 정보는 이쪽이 훨씬 많이 가지게 되었다.

그리고 놈이 무슨 생각을 하고 있는지도 알게 됐다.

두 번째 착오는 그가 도수를 알아보지 못했다는 것이다. 자신에 대해 복수심을 품고 있는 가장 강력한 경쟁자에게 치부를 드러낸 꼴이니까.

이제 슬슬 놈의 비위를 건드리면 된다.

놈이 상상도 해 보지 못했던 방법으로 최악의 상황을 맞게 해 줄 생각이다.

죽어서도 눈을 감지 못할 굴욕으로.

9.
피눈물

CITY OF
WILD BEAST

도수는 미나의 집을 찾았다.

현재 미나는 봉사 활동을 주력하고 있는 상태였다.

일주일 중에 월요일과 수요일 이틀을 빼고는 대한민국 고아원과 양로원, 치매 환자들이 있는 요양원을 찾아다니면서 그들의 수발을 든다.

민 매니저 앞에서는 노골적으로 싫은 표정을 짓지만, 사람들 앞에 서면 언제 그랬냐는 듯이 방실방실 웃으며 최선을 다했다.

천성적으로 배우의 자질을 타고 난 것처럼 보였다.

하긴, 재벌과 결혼하여 평생 부귀영화를 누릴 수 있는 그녀였지만, 그것을 마다하고 배우의 길을 선택했으니 그 정도의 강단은 당연히 있어야 할 것이다.

언론의 관심도 꽤 뜨거웠다.

상당히 많은 언론에서 그녀가 하는 봉사 활동을 취재했다.

언론 플레이라면서 아직은 그녀를 보는 눈길을 곱지 않았다.

특히 SNS에서는 대놓고 미나의 이중성을 욕했다.

그렇지만 그녀가 꾸준히 봉사 활동을 하고 다녔기에 그다지 곱지 않았던 시선도 점차 나아져 갔다.

미나가 언론 앞에서 눈물을 흘리며 말했던 것이 꽤나 주효했다.

"변명은 하지 않겠습니다. 다 저의 불찰이니까요. 하지만 이것만을 알아 주셨으면 합니다. 저는 그 남자를 많이 사랑했습니다. 저는 여자입니다. 과거 무명 시절, 아무도 알아 주지 않았던 저를 무척이나 따뜻하게 보살펴 줬던 그입니다. 그렇기에 그 사람을 믿었습니다. 저도 한 사람의 여자라는 것을 알아 주셨으면 합니다. 하지만 저는 대중의 사랑을 간과했습니다. 그 점에 대해서는 너무도 죄송합니다. 복귀 생각은 아직 없습니다. 제 마음을 추스르고, 달래고, 그동안 받았던 사랑을 다시 나눠 주고 싶은 마음뿐입니다."

미나는 눈물을 뚝뚝 흘리며 기자회견을 했다.

혹자는 악어의 눈물이라 칭했지만, 대부분이 그녀의 말에 공감과 감동을 얻었다.

특히 여성들의 상당한 지지를 받았다.

이제껏 여성팬들보다 남성팬들이 압도적으로 많은 미나였기에 특이한 현상이 아닐 수 없었다.

상황은 조금씩 호전되어 가고 있는 것만은 확실했다.

도수는 화려하고 넓은 거실에 있는 소파에 앉아 있었다. 미나가 커피를 두 잔 타 오더니 식탁 위에 올려놨다.

그녀는 눈치가 빠르고 능글맞다.

제법 산전수전을 겪었기에 분위기의 냄새를 빠르게 맡는다.

"오랜만에 뵙네요, 회장님."

미나는 생글생글 웃으며 말했다.

이미 그녀는 도수에 대해서 알아볼 만큼 알아봤다.

혜성처럼 나타나 신사동 파의 회장이 되고, 압구정 파의 항쟁에서 승전을 가져온 인물.

특히 전 압구정 파의 회장이었던 소종태의 별장을 단신으로 찾아가 쑥대밭을 만든 것은 지금도 회자가 될 정도였다.

도수는 압구정 파를 흡수한 후 기업으로 변화를 꾀했고, 그 회사는 엄청난 속도로 성장을 하는 중이다.

과감한 투자와 세력 확장은 같은 계열 업종을 가진 회사들을 긴장시키기에 충분했다.

그는 대한민국을 양분하고 있던 보안 회사 대기업의 무차별적인 물량 공세에도 불구하고 꿋꿋하게 견뎌 냈다.

아니, 오히려 그들을 몰아내고 강남을 손에 넣었다고 해도 과언이 아니었다.

이런 정도의 남자는 흔치 않았다.

아무것도 없이 불알 두 쪽만으로 이 정도의 튼실한 중견 기업을 키워 내고 있는 것이다.

빠르고, 사납게.

그렇기에 미나는 유심하게 도수를 지켜보고 있었다.

재벌 3세들과는 비교도 할 수 없는 거친 향기가 그에게서 물씬 풍겼다.

사나운 눈빛과 거대한 풍채, 압도적인 분위기는 그 누구와도 비교를 불허했다.

이렇게 강렬한 남성적인 호르몬을 풍기는 사내가 몇이나 있을까.

어떤 여성도 저 남자의 호르몬을 맡고는 벗어나기가 힘들 것이다.

미나는 그렇게 판단했다.

이 남자 갖고 싶다.

그녀는 도수를 힐끗힐끗 보았다.

처음에는 두려움이 컸던 눈빛이지만 지금은 호기심으로 가득하다.

그와 마주칠 일은 거의 없었다.

그와의 의견 전달은 민수창이 전담한다.

그와의 직접적인 대면은 요구하지 못했다.

한때, 국민 여배우였던 그녀의 자존심이다.

도수는 미나의 말에 고개를 끄덕였다. 어차피 이곳까지 온 이상 단도입적으로 말할 생각이다.

"그제 김종민 회장과 만나고 왔습니다."

"김종민 회장이요? 아, JM기업에……."

"맞습니다."

김종민을 말하자 미나는 묘한 표정을 지었다.

그녀의 표정만으로 무슨 생각을 하는지 잡아내지 못한다.

"김종민 회장은 미나 씨를 요구하더군요. 당신에 대한 집착이 심해 보였습니다. 삼 일 내로 당신과의 계약서를 가지고 오라고 말을 했습니다. 그리고 당신의 대한 모든 권리를 양도하라고요."

"흠, 그렇군요."

미나는 다리를 꼬았다.

우아하게 다리를 꼬았지만 짧은 치마를 입고 있기에 허벅지가 훤히 드러났다.

11년 전에 봤을 때와 같이 약간의 노출증은 없어진 것 같지 않았다.

일부러 남자의 시선을 즐긴다.

그녀의 눈빛이 촉촉하게 젖은 것을 보면 그 정도는 알 수 있었다.

그러나 다른 사람이라면 몰라도 이 정도의 흔들릴 도수가 아니었다.

그는 힐끗 그녀의 허벅지를 한 번 보고는 말을 이었다.

"민 매니저 말로는 당신의 연줄을 그가 원한다고 하더군요. 맞습니까?"

"반쯤은 맞군요."

"다른 이유도 있다고 들리는데요."

"아마도?"

"그것이 무엇인지 알 수 있습니까?"

"호호, 글쎄요."

미나가 차를 홀짝 거린 후 자리에서 일어났다.

그는 도수의 등 뒤로 돌아간 후 부드럽게 손을 올렸다.

옅은 비누 냄새가 그녀에게서 풍겨졌다. 손길이 도수의 거친 턱을 쓰다듬는다.

도수는 미간을 좁혔다.

얼굴 근육이 일그러졌다. 이런 식의 유혹은 경멸스럽다.

또한 이년은 어머니의 죽음을 목격한 유일한 여자.

이년이 본 것을 솔직하게 말만 했더라면…….

도수는 고개를 흔들었다.

어차피 지난 일이다. 지금 떠올려서 무엇을 하겠다는 말인가.

"당신은 저에게 무엇을 해 줄 수 있죠?"

미나가 얼굴이 도수의 옆얼굴로 다가왔다.

그녀의 입술에서 향긋한 살구 향기가 풍겼다. 그녀의 숨이 귓가에서 간질거린다.

"2년 안에 국민 배우로서 복귀시켜 드린다고 약속을 한 것으로 압니다만."

"당신이 지금 회사를 운영하는 데 가장 걸림돌이 되는 자가 김종민 회장이죠?"

역시 이 여자는 보통이 아니다. 핵심을 파고든다.

10년이라는 세월은 도수만을 바꿔 놓은 것이 아니었다. 돈만 밝히고 멍청할 줄만 알았던 이 여자도 메두사로 바꿔 놓았다.

짧은 말 한마디에 어떤 상황인지 대번에 눈치를 챈다.

천만다행인 것은 그녀가 도수를 알아보지 못한다는 것이다.

알아보지 못하는 한 그녀는 도수의 손바닥 안에서 놀고 있는 셈이었다.

하나 이 정도로 능구렁이 같은 여자라면 항상 조심해야 한다.

"그렇기도 하지만 당신은 내놓을 수도 없습니다. 당신은 H—엔터테이먼트를 빠르게 키울 가장 큰 카드니까요."

"호호, 입바른 소리."

"그렇게 들리십니까."

"뭐, 아니면 할 수 없고요. 제가 입을 열면 김종민 회장은 큰 타격을 입을 거예요. 그렇기에 자신의 손아귀에 넣어 두려고 하는 것인지도 모르죠. 그에게 도움이 되는 것은 당연하고요. 저는 어느 쪽에 제게 도움이 되는지 알아야겠어요. 당신은 제게 무엇을 내놓을 것이죠?"

은근한 협박이다.

이 여자가 입을 제대로 열지 않으면 JM기업과의 항쟁은 불 보듯 빤하다.

하지만 이 여자는 뭔가를 알고 있다. 그것이 김종민의 약점이라는 것은 두말할 필요가 없었다.

이 여자를 이용해서 김형태를 잡으려고 했었더니 생각보다 훨씬 이용 가치가 높았다.

미나는 조커.

아무도 모르는 도수의 손아귀에 있는 조커.

철저하게 이용해 줄 테다.

도수는 목을 휘감고 있던 미나의 팔을 잡고 내렸다.

그러고는 등을 돌려 그녀의 눈을 서늘하게 바라봤다. 아무런 감정이 느껴지지 않는 눈빛이다.

미나는 그제야 자신이 너무 앞서 나갔다고 생각한 모양이었다.

얼굴 근육이 딱딱하게 굳으며 긴장한다.

"제가……."

도수의 낮은 음성이 거실에 울려 퍼졌다.

미나는 마른침을 삼키며 그의 목소리를 들었다.

"당신을 한 번 살려 주지요."

"그게 무슨 말씀이신지?"

미나로서는 이해할 수 없는 말이었다.

누가 국민 배우였던 자신을 해친다는 말인가.

"당신이 저를 돕지 않으면 곧 큰 위험에 빠질 겁니다. 당신도 아실 텐데요. 이 바닥이 얼마나 험악한지."

꿀꺽.

"그, 그거야 그렇지만."

"미나 씨가 어떻게 살아오셨는지는 민 매니저에게 들어서 대충은 알고 있습니다. 고귀하고, 퀄리티 높고, 부유한 최상류층에서 달콤한 꿀과 벌을 보고 사셨더군요. 하지만 말입니다. 당신은 밑바닥 인생들에 처절함을 모릅니다. 돈 백만 원에 사람 목을 따는 자들이 이쪽에서는 부지기수입니다. 그런데 그보다 훨씬 이용 가치가 높은 당신을 이쪽 세계 사람들이 가만히 둘 것 같습니까."

"가만히 두지 않으면……."

"당신은 현재 끈 떨어진 신세입니다. 예전과 같이 국민 배우의 반열에 오르지 못한다면 목이 날아간다고 하더라도 크게 관심을 받지 못할 겁니다. 그리고 당신을 노리는 자 중에 한 명이 김종민이고요. 과거 그는 당신에게 무척이나 굽실거렸겠죠. 하지만 그것은 하나만 알고 둘은 모르는 겁니다. 그자가 얼마나 많은 사람을 죽였을지 알고 있습니까?"

살인.

그 말을 듣는 순간 미나는 온몸이 오그라드는 것 같았다. 현실에 대한 감각이 조금씩 돌아왔다.

실종과 살인이 밥 먹듯이 벌어지는 세계가 바로 그녀가 추락한 바닥이었다.

"김종민이 제 목숨을 노릴 것이란 말인가요?"

"지금은 그렇지 않을 겁니다. 당신의 이용 가치는 무궁무진하니까요. 하지만 당신이 그의 약점을 쥐고 있다면 그러지 않을 겁니다. 당신의 이용 가치가, 쥐고 있는 약점보다 쓸모없어졌을 때, 그는 당신의 숨통을 가차 없이 틀어쥘 것입니다."

등골이 서늘해진다.

미나는 다시 소파로 돌아와 자리에 앉았다. 방금 전까지 기세등등하던 모습은 많이 사라졌다.

"제가 당신을 어떻게 믿죠?"

미나가 물었다.

"당신은 제가 큰 선물을 줄 존재니까요."

"선물이라면? 돈을 말하는 겁니까."

"그것도 선물의 일종입니다. 대신 저는 당신을 보호해 드리겠습니다. 약속대로 2년 안에는 당신을 예전의 위치로 원상복구시켜 놓겠습니다."

명확한 계약 관계다.

예전부터 말만 번지르르하고 뒤통수를 치는 자들을 많이 봐 왔던 미나였다.

계약서를 쓰고 약속에 맞춰서 서로가 주고받는 것이 서로 간의 이득이라는 것을 그간의 경험으로 터득했다.

차라리 그것이 이 세계에서는 훨씬 인간적이었다.

"김종민의 약점…… 저에게 알려 주십시오."

"어쩌실 생각이죠?"

미나는 불안한 표정으로 물었다.

"이제는 슬슬 담판을 지을 때가 된 것 같습니다. 당신의 정보가 저에게 유용하다면."

도수는 미나를 보며 한쪽 입술 끝을 올리며 물었다.

미나는 그런 도수의 웃음에서 형용할 수 없는 섬뜩함을 느끼고 있었다.

*　　*　　*

김종민과 경고한 삼 일 째가 되는 날이었다.

도수는 김종민에게 전화를 걸어 오늘 찾아뵙겠다고 정중하게 말했다.

그는 코웃음을 치면서 오후 네 시 반까지 회장실로 오라고 전했다.

끝까지 사람 속을 뒤집어 놓는 놈이었다.

도수를 태운 차는 JM기업의 사옥으로 향했다.

조수석에 타고 있던 리영춘이 불안한 듯 조심스럽게 물었다.

"회장님, 미나의 계약서를 가지고 가는 겁네까?"

뒷좌석에서 팔짱을 끼고 창문 밖을 바라보던 도수가 피식

웃었다.

"그럴 리가 있나."

"그럼 어쩌시려고 그럽네까? 너무 위험합네다. 차라리 차를 돌리는 것이 나을 것 같습네다. 회사로 가서 직원들을 모아 놈들에 습격에 대비하는 것이 여러모로 유리하지 않겠습네까."

"자네도 회사원이 다 됐구만. 애사심이 넘치는 것을 보니."

"아닙네다. 저는 오직 회장님께 충성을 하는 겁네다. 회장님이 없으면 회사에 남을 필요가 없는 것 아닙네까. 회장님이 위험에 처할까 봐 걱정이 돼서 그럽네다. 그런 놈들 연변에서 많이 봐 왔습네다."

"그래? 자네가 보기에 김종민이는 어떤 인물이지?"

"한마디로 욕심 많은 돼집네다. 하이에나보다도 못한 놈이디요."

"나름 한 기업의 수장인데 평가가 박하군."

"정말입네다. 돈을 위해서라면 지 마누라까지도 팔아먹을 놈입네다. 하지만 지 거 뺏긴다면 멧돼지처럼 사나워집네다."

"그건 맞는 말이군."

"대책은 있으십네까?"

"아마도."

"그렇습네까? 다행입네다."

리영춘은 작게 한숨을 내쉬었다.

도수의 '아마도' 라는 말처럼 힘이 되는 단어가 없다. 그에 '아마도' 라는 말은 준비가 끝났다는 말과도 동의어니까.

겉보기와 달리 무척이나 치밀한 도수다.

대부분의 사람들은 도수의 인간의 상식을 넘어선 힘만을 두려워한다.

그의 브레인은 기현이다, 라고 생각하는 사람들이 많았다.

하지만 도수를 회장님으로 모시고 다녀 보니 그것만이 아니라는 것을 확연하게 느낀다.

그는 사납기만 한 사자가 아니었다. 몸을 숨기고 상대가 모습을 드러낼 때까지 참을 수 있는 인내도 가지고 있었다.

상대가 방심을 하고 몸을 드러내면 악어처럼 달려들어 단숨에 목줄기에 이빨을 박아 넣는다.

상대의 목숨이 끊기기까지 절대로 놓지 않는다.

천부적인 사냥꾼이 바로 도수였다.

그런 도수가 아무런 대비도 없이 김종민과 대면할 리가 없었다.

"그래도 조심, 또 조심하시길 바랍네다."

"알았다."

도수는 고개를 끄덕였다.

어느새 그들의 차가 JM기업 사옥에 도착했다.

예전과 같이 1층 로비에는 무서운 인상의 조직원들이 눈을 부라리며 서 있었다.

도수는 자신의 이름을 밝히며 회장님과 약속이 있다고 말했다.

고개를 끄덕인 경비원들이 도수를 엘리베이터 앞으로 안내했다.

전에 와 봤던 곳이라 긴장감은 느껴지지 않았다. 오히려 리영춘과 고기만이 더욱 긴장을 하는 듯했다.

엘리베티어 문이 열리자 저번에 봤던 여 비서들이 몸가짐을 바로 하고 배꼽에 손을 모으고는 바르게 서 있었다. 그녀들이 도수를 향해서 인사를 했다.

비서들의 옆으로 세 명의 건장한 사내들이 눈을 부라렸다.

"죄송하지만 몸수색을 하겠습니다."

"이 종간나 새끼가 뭐라니? 이건 너무 예의 없는 것 아니네! 우리 회장님이 아주 물로 보이네?!"

참다못한 고기만이 그들을 향해서 버럭 소리를 질렀다.

경호원들이 안색이 굳어진다. 그들은 고기만을 향해서 매섭게 쏘아봤다.

"째려보면 어쩔끼네."

고기만도 마주 보고 그들을 쏘아본다. 분위기가 급격하게 사나워졌다.

"됐어. 그냥 참도록 해."

도수가 고기만을 말렸다.

"하지만 회장님. 이 아새끼들 하는 싸가지를 보시라요."

"괜찮다니까 그러네. 여기서 대기하고 있어."

도수는 고기만의 흥분을 가라앉히고 양팔을 벌렸다. 어서 몸수색을 하라는 의미였다.

자신들도 너무 했다고 싶었는지 그들은 도수에게 '죄송합니, 회장님. 저희 회장님을 만나시려면 항상 해야 하는 일입니다. 이해해 주시리라 믿습니다' 라고 말했다.

"이해하지. 이제 됐나?"

"네, 됐습니다. 안으로 들어가셔도 좋습니다."

도수는 고개를 끄덕였다. 그리고 하나를 더 물었다.

"안에 아무도 들어오지 않겠지?"

"네? 무슨 말씀이신지……."

이해가 되지 않는 듯 경호원은 고개를 갸웃거리며 되물었다.

"그러니까 회장실에서 시끄러운 소리가 들려도 자네들이 안으로 들어오지 않는가 해서 말이야."

"아, 네. 회장님의 지시가 없으면 무슨 일이 벌어지더라도 들어가지 않습니다."

"그거 다행이군."

뭐가 다행이라는 소리일까.

경호원들은 도수가 한 말의 뜻을 전혀 알아듣지 못했다. 물론, 고기만과 리영춘도 의미를 알지 못했다.

딸깍.

비서가 노크를 한 후 '현율 실업 회장님, 들어가십니다'라는 말은 하고는 문을 열어 주었다.

도수는 회장실 안쪽으로 들어갔다.

다시 문이 닫힌다.

이제 비서실과 회장실은 완전히 분리된다.

도수는 회장실 안쪽을 살폈다. 가구들은 전과 같은 구조로 되어 있었다.

김종민은 사무용 책상에 다리를 얹은 채 도수를 힐끗 바라봤다.

"어어, 왔어?"

그리고는 짧고 건방지게 말했다.

도수는 그의 말에 대답하지 않았다.

계속 주위를 살폈다. 김종민에 옆에는 한 명의 경호원이 서 있을 뿐이었다. 한 명이 줄었다.

소파를 봤다.

삼 일 전에 봤을 때는 JM기업의 간부들이 모두 앉아 있었다.

하지만 지금은 몇 명밖에 보이지 않는다. JM엔터테인먼트의 김명필, 멧돼지 고낙훈, 빽미 신상현 정도.

그들은 소파의 팔을 걸친 채 도수를 곁눈질로 바라봤다.

"서류 가지고 왔지? 이리 가지고 와."

김종민을 턱 끝을 까닥여 도수를 불렀다.

도수는 움직이지 않았다. 오히려 주머니에 손을 넣고 김종민과 같이 고개를 까닥였다.

받고 싶으면 네가 와, 라는 의미였다.

김종민을 비롯한 간부들의 얼굴이 굳어졌다.

멧돼지 고낙훈의 얼굴은 시퍼렇게 변해서 분노를 내비쳤다.

"저런 씨발 놈이! 뒈지려고."

고낙훈이 벌떡 일어난 후 도수를 향해서 다가왔다. 손을 뻗어서 도수의 어깨를 잡는다.

"야 이 새끼야. 너 여기가 어딘 줄 알아? 회장님 앞에서 바지에 손을 집어넣어? 건방진 새끼."

그 순간이었다.

뻑!

엄청난 굉음이 터졌다.

도수의 손등이 고낙훈의 면상을 강하게 올려친 것이다.

손등으로 맞았는데 주먹으로 맞은 것보다 더욱 크게 소리가 울렸다.

고낙훈은 상당한 거리를 날아갔다.

붕 뜬 그의 몸이 깔끔하게 깔아 놓은 카펫 위에 떨어졌다.

그의 신음을 흘리며 몸을 비틀었다.

"세, 세상에."

김명필은 쓰러진 고낙훈의 얼굴을 보며 경악을 금치 못했다.

얼굴 반쪽이 완전히 일그러져 있었다.

처음 그가 몸을 뒤집었을 때 얼굴의 반쪽이 사라진 줄 알았다.

다행히도 얼굴이 사라지지는 않았지만 뼈가 뭉개진 것은 확실했다.

턱의 돌아갔고 이빨은 반쯤 부러졌다. 입안에서 폭우처럼 피가 쏟아졌다.

하지만 고낙훈은 너무 큰 고통으로 인해 정신을 잃었다. 그의 입장에서 다행이라면 다행이다.

깨어 있었다면 차라리 죽여 달라고 소리를 쳤을지도 모르니까.

"저 미친 새끼가!"

김종민을 비롯해서 모든 인원이 벌떡 일어났다.

도수는 뻑미 신상현이 있는 소파를 향해서 한 걸음에 날듯이 뛰었다.

신상현은 발목에 있는 칼을 꺼내기 위해 허리를 숙였다가 한 템포를 놓치고 말았다.

도수는 소파를 밟고 그대로 뛰어올라 다른 발끝으로 그의 턱을 강하게 차올렸다.

빠각!

덤프트럭과 부딪치면 이런 광경이 재현될까. 고층 빌딩에서 사람이 추락하면 이런 광경이 펼쳐질까.

사람의 육신이 발에 맞아서 떨어져 나간다면 믿겠는가.

보통 사람들이라면 말도 안 되는 소리를 하지 말라며 거짓말로 치부하고 말 것이다.

하지만 실제로 그런 장면이 펼쳐졌다.

도수의 발끝에 맞은 빼미 신상현의 턱이 엄청난 힘에 의해서 떨어져 나갔다.

아래턱이 부서지는 것만으로 끝난 것이 아니었다. 아래턱이 쪼개지면서 살점과 근육을 찢고 천장까지 닿았다가 바닥에 떨어졌다.

징그럽도록 잔인한 장면이었다.

"우오오오오……."

안타깝게도 신상현을 정신을 잃지 못했다.

그는 자신의 떨어져 나간 턱을 보고 제정신이 아니었다.

떨어져 나간 턱에서는 폭포처럼 피가 쏟아져 내렸다.

그가 고통스럽게 비명을 지르더니 카펫 위를 엉금엉금 기어갔다.

그리고는 자신의 조각난 턱을 잡고는 얼굴이 끼어 넣으려고 손을 부들부들 떨며 움직였다.

하지만 이미 부서지고 망가진 턱이다. 턱 밑에 붙을 까닭이 없었다.

그런데도 신상현은 계속해서 턱을 잡고 있었다. 눈동자는 풀리고, 눈물은 흘러나왔다.

누가 봐도 정신이 나갔다.

단 일격에.

발차기 한 번에 성인 남자를 저렇게 만들 수 있는 사람이 세상에 과연 몇 명이나 있을까.

방금 전까지만 하더라도 멀쩡하던 사람이 정신을 놓고 이상한 행동을 하고 있었다.

물론 저렇게 놔 두면 죽을지도 모른다. 한시바삐 병원으로 이송을 해야만 했다.

신상현이 누군가.

10년 전 오직 깡 하나로만 이 바닥에 들어와 자수성가를 한 건달이었다.

머리도 좋지 않았고, 주먹질도 그리 잘하지 않았지만, 깡다구 하나만큼은 타의추종을 불허했다.

7년 전 서울의 한 조직과 붙어서 크게 당했을 때 부러진 팔과 다리를 이끌고 다시 찾아가 상대 조직의 우두머리의 귀를 이빨로 뜯어 먹은 사건은 아직도 유명한 얘기였다.

그래서 그에게 삑미라는 별명이 붙었다. 삑하면 미친다고 하여.

그런 그가 무너졌다.

저렇게 허무하게.

도수는 김명필을 바라봤다.

"흐이이이익."

그는 흠칫 놀라 소파에 주저앉았다.

자신도 모르게 소변이 줄줄 흘러나왔다. 고급 소파가 그의 소변으로 인해서 젖는다.

일부러 그런 것은 아니었다.

생전 처음 보는 압도적인 공포에 의해서 그의 정신이 마비가 되고 만다.

김명필은 뛰어난 두뇌로 김종민에게 발탁이 된 인물이다.

한국에서도 알아 주는 명문대를 나왔지만, 넘치는 혈기를 이기지 못하고 김종민의 밑으로 들어왔다.

건달이지만 주먹질로 간부가 된 것이 아니라 머리를 잘 써서 그 자리에 오른 경우였다.

그렇기에 지금과 같이 잔인하고 두려운 장면은 한 번도 보지 못했다.

도수는 본능적으로 그것을 알았다.

맹수는 자신에게 적의를 드러내지 않는 약자는 건드리지 않는다.

도수는 정장 상의를 한 번 털고는 김종민에게 걸어갔다.

그의 얼굴이 하얗게 변해 있었다. 탈색이 된 것처럼도 보였다.

김종민의 입장에서는 지금 상황이 이해가 되지 않았다. 하찮게만 봤던 도수가 이토록 대담하게 나올 줄은 생각도 못했다.

JM 기업과 현율 실업의 객관적인 차이를 봐도 비교가 되지 않는다.

자신의 말을 듣지 않으면 현율 실업은 무너진다.

더 말을 듣지 않으면 회장인 도수를 잡아서 아킬레스건을 끊어 버리면 된다.

그 정도로 생각했다.

자신이 이런 상황에 처한다는 것은 단 한 번도 생각해 보지 않았다.

"이 씨발 놈이! 내가 누군 줄 알고!"

김종민은 옆에 세워 놓았던 골프채를 잡았다. 하지만 들어 올리지는 못했다.

도수가 그의 팔목을 잡았기 때문이다.

"크흑, 놔! 놔 이 새끼야!"

김종민은 신음을 흘리며 욕설을 내뱉었다.

도수가 그의 말을 들을 리가 없다. 그는 그대로 팔목을 한쪽으로 꺾어 버렸다.

'우득' 소리와 함께 김종민의 팔목이 반대편 방향으로 꺾인다.

도저히 항거할 수 없는 힘이었다.

"크아아아악!"

김종민은 자신의 팔목을 잡고 미친 듯이 비명을 질렀다.

도수는 혁대를 풀었다.

매우 당황을 하던 경호원이 사태를 인지하고 김종민과 도수의 사이를 가로막았다.

그가 할 수 있는 일은 단지 그것뿐이었다.

도수의 혁대가 경호원의 목을 휘어 감았다.

놀란 경호원이 급히 혁대를 양손으로 잡았지만 늦었다.

도수가 혁대를 빠르게 안쪽으로 당기자 덩치가 큰 경호원은 힘에 이기지 못하고 컥 소리를 내며 엎어져 버렸다.

쓰러진 그의 목에는 휘감긴 혁대의 자국이 그대로 남아 있었다.

도수는 다리를 들어서 경호원의 얼굴을 그래도 내려찍었다.

카펫이 깔려 있음에도 '꽈직' 소리가 나며 경호원의 안면이 뭉개졌다.

얼마나 강하게 내려찍었는지 경호원의 안면은 크게 손상이 되어 있었다.

코가 구둣발에 짓밟혀 완전히 주저앉았다. 그는 그대로 의식을 잃고는 팔과 다리의 경련을 일으켰다.

"으, 으. 너, 너, 뭐야! 도대체 너 정체가 뭐야!"

더 이상 도수에게는 자신의 이름으로 협박이 통하지 않는다는 것을 알았다.

김종민은 부러진 팔목을 잡고 천천히 뒷걸음질을 쳤다. 도수가 그에게 다가간다.

김종민의 등이 벽에 닿았다. 더 이상 뒤로 물러날 곳이 없었다.

"너 이 개새끼…… 도대체 정체가 뭐냐고!"

도수는 대답 대신 허리띠를 휘둘렀다.

허리띠는 뱀처럼 휘어 들어가 그의 얼굴을 후려쳤다.

짝!

소리와 함께 얼굴에 긴 자국이 남았다. 얼마나 충격이 강한지 허리띠에 맞은 자국이 순식간에 부어올랐다.

"크허헉."

김종민은 부어오르는 얼굴을 부여잡았다.

"손을 치우는 게 좋을 거야. 부러지고 싶지 않으면."

도수는 계속해서 허리띠로 그의 얼굴, 몸, 부러진 팔, 등 허리를 가리지 않고 마구 후려쳤다.

짜악! 짜악! 짜악!

소리가 쉴 새 없이 회장실 안에 울려 퍼졌다.

"으으으으, 이건 악몽이야. 꿈이라고……!"

이 상황을 지켜보던 김명필은 소파에 주저앉아 귀를 막고 비명을 질러 댔다.

하지만 문을 열고 들어오는 사람은 아무도 없었다.

짜악! 짜악! 짜악!

김명필이 비명을 지르는 때도 허리띠는 계속해서 휘둘러 진다.

김종민은 바닥에 주저앉은 채 무릎을 꿇고 몸을 웅크리고 는 머리를 손으로 감쌌다.

그의 옷이 갈기갈기 찢어진다.

피부가 그대로 드러나고, 허리띠에 맞은 자국이 등판 가 득 생겨났다.

역시 금방 부풀어 올랐다.

"왜, 왜…… 아무도 들어오지 않는 거야……."

김종민은 숨도 크게 쉴 수가 없었다.

어금니를 악물고 고통을 참아야 했기에 제대로 말도 할 수가 없었기 때문이다.

도수의 채찍질이 멈췄다.

그는 엎어져 있는 김종민의 머리통을 구둣발로 툭툭 건드렸다.

김종민이 고개를 조심스럽게 들어 도수를 바라봤다.

"아직 끝나지 않았어."

도수는 그를 보며 입술을 비틀었다.

온몸에 털이란 털이 모두 곤두선다.

도수가 골프채를 든다. 그가 무엇을 하려는지 김종민은 깨달았다.

자신이 그에게 했던 것을 그대로 돌려줄 셈인 것이다.

"아, 안 돼."

김종민의 눈동자에서 공포가 드리워지고 있었다.

10.
절망의 밤

CITY OF
WILD BEAST

리영춘과 고기만의 안색이 나빠졌다.

아까부터 회장실 안쪽에서 무슨 소리가 들리고 있는 것이 다.

예민한 리영춘은 그 소리가 무엇인지 대번에 판별을 해냈 다.

뭔가 부서지는 소리였다. 그 말은 안에서 사투가 벌어졌 다는 말과도 같으리라.

회장님은 혼자.

반면 김종민은 혼자가 아니었다.

서울에서 알아 주는 유명한 싸움꾼들이 그의 곁에 있을 확률이 높았다.

몇 명이나 있을까.

리영춘은 곁에 서 있는 경호원들을 보았다. 기습이라면 저들 셋 모두 눕힐 자신이 있었다.

하지만 김종민 곁에 있는 자들은 이들과는 차원이 다른 주먹을 보유하고 있을 것이다.

회장님이라면 안에 몇 명이 있든 쓰러지지 않을 것이라고 본다.

그러나 칼에는 눈이 없다.

아무리 회장님이라도 찔리면 다치고, 위치가 나쁘면 사망을 할 수도 있었다. 그렇기에 걱정이 되는 것이다.

"이보라우. 안에서 무슨 소리 들리지 않으우?"

리영춘이 비서에게 물었다.

사실 비서도 안에서 들려오는 소리에 신경을 쏟고 있었다.

비명 소리 같기도 하고 뭔가가 부서지는 소리 같기도 하다.

그렇다고 문을 열고 안에 들어갈 수는 없었다.

잘못하면 성격 더러운 김종민 회장에게 불벼락을 맞을 수도 있었다.

눈치를 보는 것은 경호원들도 마찬가지였다.

회장의 호출이 없는 한 그들은 문을 열고 회장실에 들어갈 수 없었다.

"저, 저는 잘 모르겠습니다."

비서는 말을 더듬었다.

"귓구녕이 막혔네? 지금 분명 무슨 소리가 들리지 않소. 어서 확인 좀 해 보라."

리영춘이 눈매를 가늘게 뜨며 위협적으로 말했다.

비서는 두려운 눈빛으로 경호원들을 바라봤다.

경호원들이 리영춘의 앞을 가로막았다.

"이러지 마시오. 아까 분명 말하지 않았습니까, 회장님이 부르실 때가지 아무도 안에 들어가지 못하신다고."

"흠."

리영춘은 뒤로 물러났다.

그 말은 도수도 했지 않은가.

그가 말을 할 때의 뉘앙스는 경호원들에게 들으라기보다는 자신들에게 하는 듯했다.

"팀장님, 어찌합네까?"

고기만이 리영춘에게 물었다. 그도 불안하기는 마찬가지인 모양이었다.

"조금만 더 기다려 보자우."

"그러다 회장님께서 잘못되시면……."

"방정맞은 소리 하지 말라우. 우리 같은 아새끼들이 떼거리로 덤벼도 꿈적 않은 분이지 않네. 조금만, 조금만 더 기다려 보라우."

"알겠습네다."

고기만은 고개를 끄덕였다.

그들은 다시 자리로 돌아가 앉았다.

무슨 일이 생기면 바로 회장실 문을 부수고 안으로 들어
갈 셈이었다.

*　　*　　*

"김종민 회장님, 머리통 부서지니까 움직이지 마십시오.
제가 아직 골프를 쳐 본 적이 없어서 조금 위험할 수도 있으
니까요."

도수가 골프채를 휘두르며 말했다.

바닥에는 김종민이 배를 깔고 누워 있었다. 팔목은 등 뒤
로 꺾여 허리띠에 묶여 있어 쉽사리 움직일 수가 없었다.
턱은 바닥에 대고 꼼짝도 하지 않는다.

그의 머리 위에는 골프공 하나가 놓여 있었다.

김종민의 안면 근육이 부들부들 떨려 온다.

처음 도수를 대했을 때의 모습은 온데간데없이 보이지가
않았다.

"저한테 미나의 계약서를 가지고 오라고 하셨지 않습니
까. 그런데 죄송하게도 저는 계약서를 가지고 오지 않았습
니다. 왜인지 아십니까?"

도수가 골프채를 힘차게 휘둘렀다.

'붕' 소리와 함께 김종민의 머리통 위로 아슬아슬하게 골
프채가 스쳐 지나갔다.

골프공은 살짝 맞았는지 김종민의 머리 위에서 굴러 떨어

졌다.

김종민의 얼굴이 하얗게 변했다가 돌아온다.

입에는 그의 찢어진 상의가 물려 있어 제대로 말을 하지 못했다. 눈동자로만 말을 할 수가 있다.

그는 지금 제발 살려 달라고 말을 하고 있었다.

도수는 카펫 위에 떨어진 골프공을 주워서 다시 김종민 회장 머리 위에 놓았다.

"○○○○."

김종민은 신음 소리를 흘렸다.

하지만 움직일 수는 없었다.

조금만 움직이면 골프공이 바닥에 떨어진다. 도수라면 인정사정없이 머리통을 골프채로 후려칠 것이다.

그는 발차기 한 방에 신상현의 턱이 쪼개지는 것을 똑똑히 목격했다.

골프채로 맞는다면?

수박이 깨지는 것보다 훨씬 산산조각 나서 뇌수를 카펫 위로 뿌릴 것이 확실했다.

이 바닥에 있는 이상 언제 살해당할지 모른다고 생각은 하고 살아왔지만 그렇게 죽고 싶은 마음은 추호도 없었다.

"제가 어디까지 얘기했죠? 아! 미나의 계약서를 안 가지고 왔다까지 얘기를 했죠. 왜냐고 묻고 싶으실 겁니다. 그럼 제가 대답을 해 드리죠. 당신은 10년 전, 한 사내를 죽였다고 하더군요. 당신은 미나가 그 일에 대해서 입을 열까 봐 두려운 거죠? 그래서 자신의 곁에 두고 그녀를 감시할 생각이고요. 예전에는 감히 건드리기 힘든 입장이었지만 지금이라면 얼마든지 그녀를 가질 수 있으니까요. 맞습니까?"

"으으으윽."

김종민의 얼굴이 최고로 일그러졌다.

이 미친년이 끝내 입을 열고 말았다.

무덤까지 가지고 가야 했을 비밀이다.

어쩌자고, 어쩌자고 이런 자에게 그때 일을 얘기했단 말인가.

그분이 아시면 어쩌려고.

그분의 노여움은 어찌하려고.

김종민이 경악스러운 표정을 짓는 동안 약간의 움직임이 일어났다.

골프공이 그의 머리 위에서 떨어졌다. 떨어진 공은 그의 코앞에서 멈췄다.

"분명 경고했을 텐데요. 골프공 떨어트리지 마시라고."

도수가 골프채를 휘둘렀다.

골프채는 김종민의 코를 작살냈다. 골프채를 그의 코를 후려쳤을 뿐인데 코끝의 뼈가 박살이 나며 살점이 멀리 날아가 나무 벽에 들러붙었다.

자신의 코끝이 없어진 것을 안 김종민은 연신 비명을 질러 댔다.

하지만 그의 비명은 입에 가득한 찢어진 헝겊에 의해서

밖으로 튀어나오지 못했다.

　도수는 다시 골프공을 들고 종민의 머리 위로 올려놓았다.

　"마지막 경고입니다. 움직이지 마세요. 뇌를 쓰고 싶지
않다면 상관없지만. 계속 얘기하죠. 당신은 살인 공소시효
가 지나지 않았습니다. 맞죠? 만약 이 사실이 밝혀진다면
회장님이 그토록 꿈에 그리던 정계로의 진출은 날아가게 되
는 것입니다. 그러니까 제 말은 여기서 그만 미나를 잊으시
죠. 아, 그리고 당신이 가진 JM엔터테이먼트의 권한 저희
가 인수했으면 좋겠습니다만. 물론 제 값을 치르고 가져갈
겁니다. 나쁘지 않은 거래라고 생각하는데…… 저와 미나는
입을 다물고, 당신은 가진 모든 것을 잃지 않고."

　"으으으읍."

　김종민이 입을 들썩거렸다.

　뭔가 말을 하고 싶은 눈치였다. 도수는 그의 입에서 찢어
진 옷자락을 꺼내 주었다.

　"미친 새끼. 누가 사람을 죽였다고 그래. 미나 이 씨발년
이 그래? 웃기지 마. 난 그런 적 없어. 새빨간 거짓말이야.
그 빌어먹을 년을 내 앞에 데리고 와. 그럼 다 설명을 할 수
가 있어!"

　"당신은 좋게 말을 하면 듣지를 않는군요."

　도수는 옷가지를 다시 종민에 입에 쑤셔 박았다.

　그러고는 곧바로 골프채를 휘둘렀다. 골프채가 그의 머리
위를 스치고 지나갔다.

골프공이 제대로 맞았다.

'딱' 소리와 함께 날아간 골프공은 나무 벽에 강하게 부딪치고는 바닥에 떨어졌다.

도수는 책상에 있던 다른 골프공을 잡아서 종민의 머리 위에 올려놓았다.

종민은 심장이 내려앉는 줄 알았다.

머리 윗부분이 맞지도 않았는데 화끈화끈거렸다.

아니, 머리카락 한 부위가 강제로 뜯겨져 나간 기분이다. 식은땀이 전신에서 흘러내렸다.

종민은 도수를 올려다보았다.

이 자식은 미쳤다.

세상에 온갖 군상은 모두 봤다고 자부했지만 이런 종류의 인간은 처음이다.

선과 악에 대한 개념이 없는 듯했다. 그렇다고 욕망에 의해서 움직이지도 않는다.

도대체 이자를 움직이는 것은 무엇이냐.

그것만 알면 협상을 할 수 있겠지만 종민의 입장에서는 도저히 그것을 알 수가 없었다.

김종민을 비롯해서 세상에 대한 분노로 이제껏 살아왔다고는 전혀 짐작을 할 수가 없었으니까.

"으으으읍."

종민은 고개를 좌우로 흔들었다.

골프공이 바닥에 떨어진다.

"미친 겁니까?"

도수가 비릿하게 웃으며 말했다.

종민은 고개를 흔들었다. 다시 할 말이 있는 듯하다.

"할 말이 있습니까? 만약 다시 한 번 이상한 말을 지껄인다면 다시는 빛을 보지 못할 겁니다. 알겠습니까?"

종민이 고개를 위아래로 끄덕였다.

도수는 그의 입에서 옷가지를 빼내 주었다.

이제는 마지막이라는 눈빛이 종민에게 느껴졌다. 허튼소리를 한다면 정말로 자신의 아지트에서 목숨을 빼앗을지도 모른다.

"당신 뜻대로 하지. JM엔터테인먼트에 대한 모든 권한을 넘기겠어. 하지만 확실한 보증이 있어야겠어. 미나와 자네가 평생 이 사실은 가슴에 묻고 간다는."

"약속하죠."

"약속이 아니라 보증. 자네와 미나가 그 사실을 알고 있다고 문서로 남겨."

"살인 방조죄를 시인하라는 소리군요."

"아니면 내가 뭘 믿고 JM엔터테인먼트를 넘기고 미나를 포기해. 최소한의 안전장치는 있어야지."

"그렇군요. 알았습니다. 그렇게 하도록 하죠. 언제 권리를 넘기겠습니까?"

"조금만 시간을 줘. 지금까지 깔아 놓은 게 많아. 수습할 시간은 있어야지."

"얼마나?"

"하, 한 달. 한 달이면 돼."

"일주일 드리죠."

"너무 촉박해."

"일주일 드리겠습니다. 만약 일주일 안에 모든 권리를 넘기지 않으면 당신의 이름은 인터넷에서 볼 수 있을 겁니다. 한 기업의 회장이자 이번 대선에 유력한 후보가 살인자라…… 참으로 볼 만할 겁니다."

도수는 자리에서 일어났다.

그러고는 뒤도 돌아보지 않고 회장실을 나갔다.

회장실의 문을 열자 리영춘과 고기만이 벌떡 자리에서 일어났다.

그들이 급히 도수에게 다가왔다.

"괜찮으십네까?"

리영춘이 물었다.

"그래."

"일은?"

"잘 끝났다."

"다행입네다. 안에서 이상한 소리가 들려 무척이나 마음 졸였습네다."

"괜찮다, 가자."

도수는 움직였다. 고기만이 재빠르게 움직여 엘리베이터 버튼을 눌렀다.

지금까지 올라온 사람이 없기에 엘리베이터 문은 바로 열렸다.

도수는 엘리베이터에 탑승하며 말했다.

"자네들, 안에 들어가 보는 게 좋을 거야. 당장 병원으로 옮겨야 하는 사람들이 몇 명 있거든."

그 말을 끝으로 엘리베이터 문이 닫혔다.

"지금 현율 실업 회장이 뭐라고 말했지?"

한 경호원이 불안한 눈빛으로 옆에 서 있던 다른 경호원에게 물었다.

"설마……."

그들은 급히 회장실 문을 열었다. 안을 본 순간 경호원들은 경악을 금치 못했다.

카펫은 온통 피투성이였으며 멧돼지 고낙훈과, 뻑미 신상현은 얼굴이 반쯤 사라지고 부서진 채 바닥에 쓰러져 있었다.

"으으으으…… 악마야. 저자는 악마야."

JM 엔터테이먼트의 실장인 김명필은 구석에 쪼그리고 앉아서 귀를 막고 오들오들 떨며 귀를 막고 있었다.

"회장님은? 회장님!"

경호원들이 급히 김종민을 찾았다.

김종민은 금방 찾을 수가 있었다.

그의 책상 앞에서 개구리처럼 엎어진 채 신음을 흘리고 있었으니까.

경호원들은 급히 그에게 달려가 손목에 묶여 있는 허리띠를 풀었다.

"회장님! 괜찮으십니까?"

경호원들도 패닉 상태에 빠졌다.

김종민이 누구인가.

대한민국 최고 노른자 위에 땅인 강남에서 가장 강력한 폭력 조직을 이끌고 있는 수장이다.

그런 그가 자신의 보금자리 안에서 이토록 무참하게 당한다는 것은 누구도 상상해 보지 않았다.

또한 그것을 밖에서 아무도 눈치채지 못했다.

"으아아아악!"

김종민의 경호원의 품에서 입에 거품을 물고 발버둥을 쳤다.

"회장님, 회장님. 정신 차리십시오."

경호원들은 다급하게 그의 어깨를 잡았다.

"놔! 이것 놓으라고! 빨리 그 새끼 잡아. 마도수! 그 새끼 잡으라고! 잡아서 내 앞에 데리고 와! 내가 직접 놈의 눈알 파고, 회 쳐서 먹겠다. 용서 못해! 너…… 마도수! 절대로 용서 못해! 내가 누군 줄 알아?! 난 강남의 황제 김종민이다. 이 개자식아! 절대로! 절대로 가만히 두지 않겠다."

광기 어린 그의 목소리가 회장실 안을 가득 메웠다.

　　　　＊　　　＊　　　＊

　쿵쾅쿵쾅―

　귀청이 떨어질 듯한 음악은 끊임없이 흘러나왔다.

　다섯 명의 어린 여학생들이 거울 앞에서 춤을 추고 있었다.

　그녀들의 춤은 요즘 TV에서 나오는 여성 아이돌 가수들과 별다른 것이 없었다.

　평균 나이 17세.

　이제 고등학교 1학년 학생들이었다. 그런 어린 학생들이 공부는 하지 않고 이곳에서 춤을 추는 이유는 민수창 때문이었다.

　그는 도수에게 H―엔터테이먼트 발전 방향에 대한 기획서를 올렸다.

　사실 도수가 엔터테이먼트 회사를 차린 이유는 미나 한 명 때문이었다.

　미나를 이용해서 김형태를 끌어내고, 강찬수, 배도일을 끝장내기 위함이었다.

　그렇기에 어느 정도 시간이 지나면 엔터테이먼트 회사를 정리할 생각을 가지고 있었다.

　하나 엔터테이먼트란 황금알을 낳는 사업이라는 것을 알았다.

　미나가 국민 배우란 칭호를 받을 때의 수입이 H―시큐리티의 총매출과도 맞먹을 정도였다.

도수의 정신이 번쩍 들었다.

그런 엄청난 수입이 굴러 들어오는 사업이라면 마다할 필요가 없었다.

그렇기에 김종민에게 JM엔터테이먼트의 모든 지분을 양도받으려고 한 것이다.

도수는 민수창에게 사업 기획서를 가져오라고 시켰다.

현율 실업에서 엔터테이먼트 쪽에 밝은 사람은 그밖에 없었다.

사실 믿음직스럽지 못한 남자.

동물로 비유하자면 박쥐다.

그러나 조직에는 그런 사람도 필요한 법이다.

모든 사람이 올곧고 충성스러우면 회사는 반드시 어느 순간 삐그덕거린다.

신기하게도 그렇다.

그렇기에 도수는 민수창을 곁에 놔두었다.

그의 약삭빠름과 돈에 대한 집착, 성공에 대한 열망을 높이 샀기 때문이었다.

도수는 민수창이 가져온 사업 계획서를 보며 고개를 갸웃거렸다.

21세기의 엔터테이먼트는 세계적이라고 한다.

좋은 엔터테이먼트가 있으면 세계적으로 다 통용이 된다는 말과도 같았다.

세계적인 기업이라……

도수로서는 한 번도 생각해 보지 않았던 문제였다.

그의 소망은 민태에게 물려받은 신사동 파를 옳게 보존하여 기현이나 기동에게 넘길 생각이었다.

그런데 현율 실업으로 개명을 하고 H—시큐리티와 H—리치라는 자회사를 세운 후로는 멈출 수가 없었다.

사업은 무섭도록 빠르게 번창하고 나날이 뻗어 나갔다.

그리고 복수심으로 시작한 H—엔터테인먼트는 그에게 상당한 심리의 변화를 일으키게 만들었다.

그 결과물이 바로 눈앞에 있는 다국적 소녀들이었다. 다섯 명의 소녀들 중 두 명은 한국인, 두 명은 중국인, 한 명은 일본인.

민수창이 그동안 직접 발로 뛰어서 발굴한 아이들이었다.

노래면 노래, 춤이면 춤, 끼면 끼, 개인기면 개인기, 어느것 하나 빠질 것이 없는 아이들이다.

이런 아이들을 어떻게 찾았는지 신기하기만 했다.

"어떠십니까?"

아이들의 춤을 바라보고 있는 민수창은 흐뭇한 표정을 지으며 도수에게 물었다.

도수만 보면 눈을 밑으로 깔고 피하기에 급급한 민수창이지만 엔터테인먼트에 관련된 일이라면 달라진다. 눈빛이 금방 되살아나고 불꽃처럼 타올랐다.

박쥐와 같은 인간이지만 엔터테이먼트에 대한 열정은 대단하다.

"난 잘 모르겠군. 정말로 가능은 있는 것인가?"

"암요. 쟤들로 하여금 반드시 대한민국을 놀래켜 보이겠습니다."

"다른 거대 기획사들도 많다고 들었는데."

"그렇습니다. 대한민국 엔터테이먼트는 3대 기획사가 70퍼센트 가량 쥐락펴락하고 있습니다. 나머지 수십 개의 군소 기획사가 나머지를 차지하고 있고요."

"JM엔터테이먼트는?"

"중급 규모입니다. A급 배우와 아이돌 스타들을 여러 명 보유하고 있습니다. 어느 정도 영향력을 있죠."

"그들과 우리가 합쳐진다면?"

"합쳐진다고 말할 것도 없습니다. 저희가 흡수되는 거죠."

"말을 정정해야겠군. 우리가 그 회사를 인수한다면?"

"그런 일이 과연 일어날까요? JM엔터테이먼트는 김종민 회장이 있는 JM기업 아닙니까. 그들도 엔터테이먼트 사업이란 황금알을 낳는다는 것을 알고 있습니다."

"그러니까 혹시 그런 일이 벌어진다면?"

민수창은 눈치가 빠르다.

도수가 이렇게까지 말을 하자 그가 모르는 배경에서 무슨 일이 벌어지고 있다는 것쯤은 눈치챌 수 있었다.

"이쪽 업계에서 빠르게 치고 나갈 수 있습니다. 물론 경험 많은 스텝들도 같이 영입해야 합니다."

"그렇단 말이지."

"네."

도수는 고개를 끄덕였다.

"그럼 이제 슬슬 일을 시작해야겠군."

"무슨 일을 말씀하시는 겁니까?"

"오늘부터 너를 비롯해서 연습생들은 회사에 나오지 마라."

"네? 그게 무슨 말씀이신지……. 연습생들은 하루라도 연습을 하지 않으면 감을 잃습니다."

"할 수 없다. 며칠간만 다른 곳에서 연습을 하든지 해. 자네도 마찬가지고."

"알겠습니다."

회장의 말에 더 이상 토를 달수는 없었다.

고개를 끄덕인 민수창이 손바닥을 '짝짝' 치며 연습실 앞으로 나섰다.

"자자, 모두 그만."

민수창의 말에 연습생들은 춤을 멈췄다.

그들의 이마에서 굵은 땀방울이 흘러내리고 있었다.

하루에 열네 시간 이상 춤을 추고 노래를 배워야 한다니 스타가 되기 위한 길은 무척이나 어려운 듯하다.

그들은 이제야 민수창을 발견했는지 '안녕하세요, 매니저님.' 이라고 90도로 허리 숙여 인사를 했다.

"어, 그래. 다들 열심히 하고 있구나. 일단 이분께 인사들 해. 회장님이시다."

수창은 다섯 명의 소녀들을 데리고 와서 도수에게 인사를 시켰다.

소녀들은 회장님이란 소리를 듣자 무척이나 긴장을 한 듯했다.

그녀들은 도수의 앞에서 일렬로 선 후 '안녕하세요, 회장님. 처음 뵙겠습니다.' 라고 인사를 했다.

말투와 행동이 딱딱 맞는 것이 처음부터 그렇게 가르친 것 같았다. 그렇지 않으면 저런 조직적인 행동이 나오기는 힘들 테니까.

"그래, 마도수라고 한다. 여기는 현율 실업의 기획실장 이기현이고."

도수는 옆에서 묵묵하게 서 있던 기현을 소개했다.

소녀들은 도수에게 했던 인사를 똑같이 기현에게 했다.

기현의 생기발랄한 소녀들이 밝게 인사하자 빙그레 미소를 지어 주었다.

"모두들 이름도 없는 엔터테이먼트 회사에 들어와서 고생들 한다. 하지만 너희들이 지금 흘린 땀은 반드시 보상받게 될 것이다. 우리가 그렇게 되도록 도와주겠다."

기현은 그들에게 덕담을 해 주었다.

소녀들은 그의 말에 홍조를 띠었다.

열심히 노력만 한다면 언젠가 TV에서 나오는 스타가 될 수 있다는 말에 기쁨을 감추지 못했다.

"자, 자. 모두 회장님과 기획실장님께 인사를 했으면 준비하고 나가도록 하자. 오늘은 연습 그만하자."

수창이 그녀들에게 말했다.

"네? 아직 연습 시간이 남았는데요?"

한 소녀가 의아한 표정을 지었다. 수창이 강조하는 것은 하루도 빼먹지 않고 하는 연습의 연습이었다.

조금이라도 투정을 부리거나 한 시간이라도 연습을 하지 않으면 그만두라고 고래고래 소리를 지르지 않았던가.

더군다나 한 번도 먼저 연습을 그만두라고 말을 한 적도 없었다.

"오늘은 쉬어도 돼. 일단 숙소로 돌아들 가자. 바래다줄 테니까. 그럼 회장님, 실장님, 들어가 보겠습니다."

민수창이 재촉하자 소녀들은 수긍을 하고는 짐을 챙겨서 연습실을 나갔다.

그들뿐만이 아니었다.

회사에 남아 있던 모든 사원들이 회장의 명령으로 일찍 퇴근을 했다.

남아 있는 사람은 도수와 기현뿐이었다.

"싫습니다."

도수가 채진아에게 '채 비서, 오늘을 일찍 퇴근해.'라고 말하자 그녀는 고개를 가로저었다.

"오늘은 말대로 해. 퇴근하는 게 좋아."

"아니오. 무슨 일이 벌어질지 모르지만 끝까지 회장님을 보필하겠습니다."

채진아는 단호하게 말했다.

"자네가 나를 보필할 수 있는 것과 없는 것이 있어. 오늘은 아니야. 자네가 있으면 오히려 내게 짐이 될 뿐이야."

"저는 이 회사에 뼈를 묻겠습니다. 언제까지고 회상님을 보필하고 싶습니다. 하지만 저는 회장님의 밝은 면만 알고 있지 어두운 면을 알지 못합니다. 회장님의 최측근에서 보좌하는 비서로서 어두운 면도 알고 싶습니다."

"음."

도수는 신음을 흘렸다.

이 여자의 고집은 만만치 않다.

자신이 과연 이 여자의 고집을 꺾을 수 있을까 잠시 고민을 해 보았다.

절레절레 고개를 흔든다.

"채 비서."

"네, 회장님."

"그럼 이거 하나만 약속을 해 줬으면 하는데."

"어떤 약속을 말입니까?"

"위험하다 싶으면 반드시 건물 밖으로 대피해 주게."

"알겠습니다. 약속드리겠습니다."

도수는 고개를 끄덕였다. 그리고 어두워지는 창문 밖을 바라봤다.

건물들의 화려한 네온사인이 하나둘씩 켜지고 있었다.

그가 생각하기로는 오늘 밤이다. 수창의 말대로 돼지는 자신의 먹이를 빼앗겼을 때 멧돼지로 변한다.

멧돼지는 무척이나 화가 나 있을 것이다.

*　　*　　*

잠수함 노현국.

신장은 165㎝ 정도였다.

건달들 세계에서는 작은 키라고 할 수 있었다. 하지만 그는 강남에서도 알아 주는 독종이다.

잠수함이란 별명이 붙은 이유는 어디서든 갑자기 튀어나오기 때문이었다.

키가 작은 것뿐만 아니라 덩치도 왜소하기 때문에 남들의 눈에 잘 띄지 않는다.

그런 그가 어디선가 나타나 칼을 휘두르면 대부분의 건달들이 속수무책으로 쓰러졌다.

경이로운 재빠르기와 남들보다 한 박자 빠른 칼솜씨는 그를 잠수함이란 애칭을 가지게 했다.

그도 자신의 별명을 마음에 들어 했다.

노현국은 몇 시간째 승합차 안에서 현율 실업 건물을 지켜보고 있었다.

뒤로는 검은 정장을 입은 건장한 사내들이 다섯 명이나

살기가 가득 담긴 안광을 빛냈다.

6시가 되자 직원들이 퇴근을 한다.

마도수는 나오지 않았다. 다른 간부들도 아직 퇴근 전이다.

조금 시간이 지나자 이기동이라는 간부가 퇴근을 한다. 다른 사람들도 조금씩 밖으로 나왔다.

H—시큐리티의 야간 근무자들이 출근을 한다.

대략 10명 안팎으로 보였다.

노현국은 시계를 보았다. 저녁 9시가 넘었다. 시간을 확인한 그는 어디론가 전화를 걸었다.

"나다."

—네, 실장님.

"애들은?"

—집합했습니다.

"몇 명이지?"

—50명. 저희가 가용할 수 있는 전부입니다.

"쓸 만한가?"

—네, 양아치들이 아닙니다. 저희 조직에서 중급 이상의 실력을 가진 자들입니다.

"알았다. 대기하고 있도록."

전화를 끊은 노현국은 승합차에서 내렸다.

그러고는 뒤편에 있는 검은색 세단으로 다가갔다.

그는 옷차림을 바로하고는 세단 창문을 '똑똑' 두드렸다.

위이이이잉.

창문이 열린다. 코에 붕대를 붙인 김종민이 앉아 있었다.

"회장님, 지금이 적기인 거 같습니다. 마도수가 아직 안에 남아 있습니다. 사원들은 거의 퇴근을 한 상태입니다."

"몇 명이나 남았는데."

김종민의 음침한 목소리가 흘러나왔다.

그는 힐끗 현율 실업을 보았다. 건물을 바라보자 살벌한 냉소가 뿜어졌다.

도수에 대한 복수심이 극에 달해 있는 거 같았다.

"H—시큐리티 야간 근무자들 열 명 정도로 보입니다."

"열 명이라…… 괜찮겠나?"

"충분합니다."

"그 개자식의 실력도 만만찮은데."

"열 손에 장사는 없습니다."

"좋아, 시작해. 반드시 놈만은 살려서 데리고 와라. 놈의 목은 내가 직접 딴다."

"명심하겠습니다."

고개를 끄덕인 노현국이 허리를 폈다.

그는 손을 들어서 현율 실업의 건물을 가리켰다.

그러자 수십 명의 검은 정장을 입은 사내들이 곳곳에서 모습을 나타냈다.

카페에서 커피를 마시다고, 신문을 보다가, 담배를 펴다가, 차안에서 라디오를 듣다가.

노현국의 명령에 살기를 가득 담은 채 현율 실업 건물로 들어섰다.

노현국은 도로를 건넜다.

50명에 달하는 건달들이 손에 온갖 무기를 들고 그의 뒤를 쫓는다.

도로를 다니던 차량들이 급히 브레이크를 밟고 멈췄다.

누구도 경적을 울리는 사람이 없었다. 차량 운전자들은 두려운 눈으로 건달들을 바라봤다.

그들을 보지 못한 뒤쪽 차량의 경적을 울리자 앞쪽 차량의 사람들의 뒤쪽을 향해서 손가락으로 입을 가리키며 '쉿쉿'을 외쳤다.

한창 활기에 차 있어야 할 강남 거리.

수많은 사람들이 가던 길을 멈췄다. 마치 마네킹이 되어버린 것 같았다.

소음으로 가득했던 거리는 순식간에 조용해졌다.

노현국이 현율 실업 건물 앞에 섰다. H—시큐리티라는 간판이 환하게 빛을 냈다.

"멍청한 놈들. 오늘이 네놈들 제삿날인지도 모르고."

그는 입술을 뒤틀며 웃었다.

주머니에서 담배를 꺼내 물었다. 옆에 서 있던 노현국의 오른팔인 이율이 불을 붙여 주었다.

노현국의 뒤쪽으로 50명의 사내들의 가득 서 있었다.

그는 담배를 크게 들이키고는 오른쪽 손가락 두 개를 머리 위로 들어 올렸다.

그러고는 앞으로 까닥거린다.

동시에 50명에 달하는 조직원들이 '와아아아!' 소리를 내며 현율 실업 정문을 향해서 뛰어 들어갔다.

문을 박차고 들어가자 와장창 소리가 연속해서 들렸다.

"모두 잡아내!"

"마도수를 잡아라! 팔다리를 잘라내도 좋아, 목숨만 살려서 회장님께 데려가라!"

사방에서 섬뜩한 목소리가 퍼졌다.

노현국은 담배를 다 필 때까지 밖에서 기다렸다.

이제 곧 마도수가 피투성이가 되어 자신의 앞에 끌려올 것이라 믿어 의심치 않았다.

세상 누구도 칼을 든 50명을 상대로 이기지 못한다. 있을 수도 없는 일이었다.

노현국은 담배를 모두 피웠다.

꽁초를 바닥에 버리고 구둣발로 비벼서 껐다.

그때 이율이 정문을 열고 밖으로 나왔다. 그의 얼굴에는 낭패한 표정이 역력히 드러나 있었다.

"왜?"

"그게⋯⋯."

"뭔데?"

"여기 직원들이 보이지 않습니다."

"무슨 개소리야. 보안 회사 야간 근무자들이 출근하는 것을 분명히 봤는데!"

"그렇긴 한데…… 한 명도 없습니다."

"뭐?"

이율의 말을 듣고 있자니 싸한 느낌이 들었다.

뭔가 정확하게 알 수 없지만 여기서 그만두는 것이 좋다고 본능은 호소한다.

하지만 그럴 수는 없었다. 이미 엎어진 물이었다.

여기서 마도수를 잡지 못하면 JM기업의 미래도 없었다.

노현국은 성큼성큼 계단을 올라가 현율 실업 건물 안으로 들어갔다.

이율의 말 그대로였다.

온갖 부서진 가구들과 컴퓨터들이 가득하지만 정작 보안 회사 직원들은 한 명도 없었다.

"상층은? 상층은 찾아봤나?"

"아직입니다. 엘리베이터가 멈춰서 열 명 정도는 계단으로 올라갔습니다."

"겨우 열 명? 여기 놈들이 없으면 위층으로 바로 올라가야 할 것 아니야, 이 멍청한 새끼들아! 내가 올 때까지 여기서 기다리고 있으면 어떡해? 어서 상층으로 올라가! 놈들이 눈치챘을 수도 있다. 비상계단 있을 것 아니야! 저기 계단 있네. 저기로 올라가면 될 거 아니야!"

노현국은 고래고래 소리를 질렀다.

건달들은 그의 명령에 따라 급히 몸을 움직였다. 계단을 향해서 우르르 몰려간다.

그때였다.

띵동댕동.

을씨년스러운 안내음이 회사 전체를 울렸다.

갑작스런 방송에 노현국을 포함한 인원들의 웅성거림이
커져 갔다.

—사내 방송입니다. 사내 방송입니다.

드르르륵.

쾅!

방송과 함께 갑자기 자신들이 들어왔던 문의 방범 셔터가
육중한 소리를 내며 내려갔다.

노현국은 이 황당한 상황에 정신이 없었다.

알 수 없는 불안감이 엄습해 등골이 싸해져 갔다.

—당일 저희 현율 실업을 방문해 주신 모든 분들께 감사
의 인사를 드리며…… 저희 현율 실업 회장님의 전언을 알
려 드리겠습니다.

"뭐, 뭐야!"

"씨발, 뭐라는 거야!"

노현국의 불안감은 점점 현실로 다가오고 있었다.

—지옥에 잘 오셨습니다.

〈『맹수의 도시』 제6권에서 계속〉

WILD BEAST City
맹수도시

1판 1쇄 찍음 2014년 4월 22일
1판 1쇄 펴냄 2014년 4월 25일

지은이 | 동 은
펴낸이 | 정 필
펴낸곳 | 도서출판 뿔미디어

편집장 | 이재권
기획 · 편집 | 윤영상

출판등록 | 2002년 9월 11일 (제081-1-132호)
주소 | 경기도 부천시 원미구 상동로 117번길 49(상동) 503호 (우)420-861
전화 | 032)651-6513 / 팩스 032)651-6094
E-mail | bbulmedia@hanmail.net
홈페이지 | http://bbulmedia.com

값 8,000원

ISBN 979-11-315-0531-1 04810
ISBN 978-89-6775-985-8 04810 (세트)

※파본은 구입하신 서점에서 교환하여 드립니다.

www.bbulmedia.com

www.bbulmedia.com